───── 분용이의

데굴데굴 ─────

─────인생일기

분용이의 데굴데굴 인생일기

초판 인쇄 2022년 11월 15일
초판 발행 2022년 11월 21일

지 은 이 이분용
펴 낸 이 김재광
펴 낸 곳 솔과학
등 록 제10-140호 1997년 2월 22일
주 소 서울특별시 마포구 독막로 295번지 302호(염리동 삼부골든타워)
전 화 02-714-8655
팩 스 02-711-4656
E-mail solkwahak@hanmail.net

I S B N 979-11-92404-18-9 (03810)

값 19,000원

분용이의
데굴데굴
인생일기

이분용

솔과학

책을 내면서 _____

"책 내보겠냐"고 친구 이명숙 교수에게 제의를 받았는데 일주일 도 안돼 번갯불에 콩 볶듯이 일사천리로 진행되는 걸 보며 머릿속 이 따끔거리기 시작했다.

'이 시점에 책을 내는 게 맞는지' 정확한 판단이 안 섰다.
일이 진행되고 있음에도 불구하고.

"나 혼자 지니는 것"과 출판사가 개입되는 건 다른 의미가 있기 에 별거 아닌 것 같아도 신경이 쓰여 머릿속이 욱신거렸다.

살아가는 마지막 힘이라고 생각하기로 했다.

돌이켜 생각해 보면 평생 "낙서"만 해댄 낙서 인생이었지 않았 나 생각도 들고, 어린 초등학교 때 군인 아저씨와 시작된 오랜 기 간의 위문편지가 그렇고, 외롭던 고등학교 시절을 지탱해 주었던 3 년간의 혜숙이와의 편지가 그랬다.

어느 때는 우체부 아저씨가 "여기 연예인 살아요?" 할 만큼 편지질을 하면서 사춘기 어지러움을 달랠 수 있었음에 감사하기도 했다.

고 3 어느 날 밤에 무언가 얘기를 하지 않으면 죽을 것 같아 새벽에 책상에 앉았는데 정작 쓰여진 얘기는 쓰레기 같다는 생각으로, 낙서 한 줄 써지지 않는 좌절감에 대한 기억은 아직도 나를 의기소침하게 만들곤 한다.

그런 세월들 속에 결혼을 하고 텅 빈 머릿속으로 살기를 17년 생각지도 않던 IMF에 직격탄을 맞았다.
그리고 몇 년 후 남편은 손을 놓아버렸다.

그 삶을 지탱하게 해준 건 그즈음 알게 된 고등학교 동기회 컴퓨터 게시판이었다.

그 게시판이 속을 털어내는 유일한 길이었는데 핸드폰의 카톡방으로 자리가 옮겨지면서 지난 그 세월을 돌아보니 어느새 20년이 넘었더라.
일기장 같은 카톡들.

평안을 가장한 말들이 악머구리 끓듯 했던 지난 기억들이다.

나를 꼿꼿이 서게 했던 건 내겐 특별했던 강아지 레오와 효리
였다.

먼저 별이 된 우리 강아지 레오의 펫로스 증후군으로 힘들어
하던 내게, 다른 레오로 변해와 준 효리를 데리고 찻집 밖에 앉아
멍때리는 나날이 지속되면서 마음을 내려놓는 법이 나도 모르게
터득되어 갔다.

친구들과의 단톡방이나 레오·효리가 아니었으면 벗어나지 못했
을 우울감을 털어내고 "조만간 생각들을 정리해보고 싶다"는 욕구
가 스멀스멀 올라올 무렵 친구에게 받은 책 제안.

나름대로 고민을 하다 책을 내기로 했다.
정리를 하다 보니 '이런 얘기를 끄집어내야 하나'
후회가 밀려왔지만 어차피 엎질러진 물이 되어버린 지금.
내 마음을 조금이라도 알아주었으면 하는 작은 소망으로 정리
를 마쳤다.

책을 낼 수 있게 도움을 준 딸 효진이와 조카 은혜가 고맙고 단톡방에 들어올 수 있는 계기가 되어준 최운선 동기와 "책" 소리를 꺼내 책을 만드는 결정적 동기를 끌어낸 남성우 동기에게 감사를 보낸다.

추진력이 폭발하는 이명숙 교수를 만난 게 솔과학 출판사와 연결이 되었고 내게 아주 큰 복으로 돌아와서 이 고마움을 어찌 전해야 할지 모르겠다.

귀찮은 내색없이 카톡창을 잘 읽어주는 내 친구들에게 더 없는 감사를 보낸다.

다들 사랑합니다.

2022. 11

차 례 _____

분용이의 _2 **사랑**

분용이의 _3 행복

분용이의 _4 그리움

슬픈 날
우울은 비처럼 내리고
그리움마저 빗방울로 쏟아져
나는 그만 터지는 울음 빗방울로 핑계를 댄다.

분용이의

1

———

꿈

자화상

아침녘
세수하다 말고 올려다 본 거울 속에는 보름달이 하나 떠있다.
'흐메~~~~~ 이게 뭐이다냐..'
내 얼굴이 호박마냥 넓적하게 그려져 있더라.

한밤중
새어나온 희미한 불빛 속에
누군가 머리칼을 흐트린 채 나를 쳐다본다.
'히익~~!'
놀란 가슴 쓸어담고 마주해 보니
자다 말고 나온 내 모습이 거울에 박혀있더라.

설거지를 하는 내 발밑...
누워 신문보는 내 옆구리에...
한 귀퉁이라도 몸을 기대고 싶어하는 레오
들어 안아 올려보는 그 눈 속에
〈어미〉의 모습으로 또 〈한 마리〉 내가 들어와 앉아 있더라.

더듬나기 I

길 잃은 매미 한 마리
창가 방충망에 붙어
귓가를 어지럽히고 있는 여름입니다.
하늘과 가까운 곳에는 지금도 바람이 붑니다.
그 옛날 〈똥다리〉라 불렸던 성내천 다리 밑에는 분수가 솟고
그 분수 물줄기가 개천으로 흘러들어서
이제
똥다리 밑은 도시락 싸들고 비닐 튜브를 허리에 감은
아이들이 올망졸망 모여드는 유원지가
되었습니다.
아이들 성화에 못이긴 부모들마저 너도나도 자리를 깔아,
수박을 깨고 상추쌈을 내놓고
때론 화투장을 펼쳐듭니다.
따가운 햇살과 시원한 물줄기와 솜사탕...
이 곳, 똥다리 밑은 누가 뭐래도 〈한 경관〉 할 겁니다.
새벽 두시가 넘도록 서로 좋아하는 십대들이 소리를 질러대는
그래서 멀리 들리는 아우성에 잠을 깨어 인상을 써보기도 하는
여기는 똥다리 근처 통신원 〈꼼지네〉... 소식 올려봅니다.
초록이 짙다 못해 흐드러지면 슬픈 매미의 울음 소리가

애간장을 녹이고,

경찰 병원 은사시 나무 끝에서는 흔들리는 바람이

가을을 유혹하는 게 보입니다.

녹작지근한 마음이 더 헤벌레 퍼지지 않은 이 여름의 따가움과

채 가을을 담지 않은 시원한 바람...

나는 이 여름 끝에 걸린 바람을 사랑합니다.

가을이 손 끝에 느껴지는 저녁 어스름 무렵이면 때로 가을이

손 끝에 와닿기도 하지요.

파란 하늘빛은 밤이 되어도 그대로 묻어나 싱그러움이 느껴집니다.

추석을 한 달 앞둔 보름달을 보셨나요.

달빛이 흘러 넘쳐 광채가 나더이다.

법정 스님 말씀에 〈달빛에도 향기가 난다〉고 하는데

이 풍성한 달빛에서 느끼는 향은 아마도 스님의 것과는

다른 향이겠지요.

밤이면 너울너울 떠오르는 달빛에 그만 넋을 잃고 맙니다.

엊그제는 달 바로 아래서 반짝이는 화성을 보았습니다.

우리 지구도 다른 곳에서 보면 그렇게 반짝일까 생각해 봅니다.

몸도 마음도 지쳐가는 마흔 아홉의 여름나기는 이렇게

때로는 새큼한 자두처럼, 때로는 농익은 복숭아처럼,

또 때로는 달콤한 수박이나 참외처럼 나를 흔들어

〈위대한 여름은 왔다〉던 릴케의 말이 쏙쏙 새겨지는 날들입니다.

잘들 지내고 있겠지요?

아, 정말로 찬란한 여름입니다!

가을, 그러니께 그거이

하루를 멀다하고 아들녀석과 싸우는 나날...
그것도 모자라 몇 번 경고(?)를 했음에도 불구하고
역시 코가 삐뚤어지게 마시고 돌아온 웬수 같은 냄편!!

속은 부글부글 끓지요.
뒷통수는 아파오지요~
화낼 때면 먹어치우던 밥솥도 비었지요...

그 밤중에 휙하니 코트 하나 달랑 들고 무작정 집을 나선 것이
시계를 보니 열시가 넘었더랬다.

자존심 상하게 친정에 갈 수도 없는 노릇.
그 밤에 친구 불러내기도 모호한 시각.

큰 길을 건너 버스 정류장 앞에 서긴 했는데...
막막하기만 한 심정이었다.
이 밤에 대체 어디로 가야 맘을 가라앉히고 쉴 수가 있을까...

버스 정류장에서 서성거리기를 한 30여분...

막차 타고 시내를 한 바퀴 들기엔
내 간덩이가 쬐끄매서 도저히 실행할 용기가 나지를 않았더랬다.

다시 돌아서 골목길로 접어들다가 〈까치 노래방〉이
저 앞에서 나를 손짓하는 게 보였다.
"그래...! 오늘은 거기를 혼자서 한 번 가보자."

움추러드는 가슴을 들킬새라 어깨를 일부러 따악 펴고
계단을 내려갔다.

"아저씨... 저 한 시간만 주세요."

고개를 돌려 쳐다보는 아저씨를 뒤로 하고
조그맣게 어두운 노래방으로 들어가서는...

"아아아아아아 아~!"
소리질러 노래를 하기 시작했다.
박자도 음정도 볼륨도 다아 소용없는 넋두리였다.
1번부터 불러 나가던 노래가 두어장도 넘어가기 전에
시간이 끝나가고...

"아저씨...! 여기 30분만 더 주세요."
"으잉... 저 아줌마가 왜 저럴까 잉."

의심스런 눈초리를 무시하고는 또 "아아아아아~."

한 시간 반을 떠들었더니 힘이 들어 노래가 더 이상 노래가
아니었다.

그런데...?

시간이 끝났는데도 불구하고
자꾸만 20분씩 20분씩 시간이 연장되는 것이었다.

그러거나 말거나...

되는 소리 안 되는 소리로 질러대던 노래는
목이 잠길 때까지
부르다... 부르다... 목소리를 끝장내고야 일어설 수 있었는데...

"아저씨... 저 다했어요..."
"얼마예요?"
"만 오천원이요..."
?......?
"이걸 워쩌..."
성질 나서 후딱 나선 것까지는 좋았는데
지갑을 안 들고 나왔네...

"저어... 아저씨 제가 지갑을 안 들고 왔는데
내일 드리면 안돼요?"
"... 그러세요."
아마도 열한 시가 다 되어 혼자 들어온 이 아줌씨가 요상시러웠던지
주인 아저씨는 아무말도 없이 그러라고 해주었다.

에고 에고...
이제 어디로 간다야...
이 웬수 같은 아들놈과 냄편은 워쩌고 있을라나...
혹시 자정이 넘도록 안 들어오는 엄마 기다리느라 신경쓰는 건
아닌가...

슬슬~ 걱정이 되기 시작했는데...

"핸드폰을 꺼놓고 받지도 않았으니 얼매나 난리가 났으꼬?"
"에이~ 그냥 몰래 들어가 볼까~"
사알짝 열쇠를 돌려 들어간 집에는
그러나 아무것도 모르는 딸아이만 엄마를 기다리고 있을 뿐.

냄편은 마누라가 가출을 했는지 마는지조차도 모르고
버얼써 꿈 속에 빠져들었고...
겁이 난 아들은 독서실로 튄 후였다.

에고 에고 에고...

아들과 남편 앞에서 시위를 하려던 내 〈첫 가출〉은
이렇게 아무도 모르게 시작되어 아무도 모르게 끝이 나고 말았다.
다음날.
만오천 원을 들고 간 〈까치 노래방〉 아저씨는
내 돈을 받아들고는...
"뭘 벌써 가지고 오셨어요..."
"다음에 그렇게 오실 때는 얘기 하세요."
"우리 집 사람이 같이 놀아 드릴테니까..."

?....?

그 노래방에는 그렇게 속상한 아줌씨들이 가끔 와서는
그렇게 〈속〉을 풀고 간대나 어쨌나....

고거이 작년 그러께 일이야요.
그러구서는 아직은 가출 할 일이 없지만서두
가끔은 그 〈까치 노래방〉이 그리워지곤 합니다요...

그렇게 그렇게 나의 첫 가출은 4시간을 못 넘기고
허무하게 끝이 나고 말았던 것이었다.

누구

그렇게 가출해보고픈 동지 있으믄 야그 하라요.

조언해 줄팅께루*^^*

그래도 나는 그대가 보고프다

당치도 않게
나는 그대가 보고프다.
그대의 글이
나를 울렁이게 하는 까닭이다.
이런 철없음은
늘상 예고도 없이 닥쳐오지만
그래도 나는
그대가 보고프다고 말하고싶다.
오늘은
종일 울렁증으로 고생했다.
그대 보고픔과
내 울렁증이 겹쳐
나는 곱배기로 고생한다.
그럼에도 나는
그대가 보고프니 어찌할까나...

우리 시엄니...

처음 우리 엄니를 뵌 곳은 서대문... 몇 십 년 정들여 사시던 곳

온통 집안에 커다랗고 덩치좋은 사람들만 보시다가
하늘같은 아들이 데리고 들어오는 쬐끄맣고 마른 〈지지배〉를
보시는 우리 엄니 눈초리는 낯선 내게도 그리 호의가
있어보이지는 않았다.

그런데 남편은 방안에 들어서기가 무섭게 서랍을 열더니
〈요상한〉 시계를 꺼내서는
〈이것 좀 끼워봐... 색시 줄라고 미리 준비해 놓은 거야.〉
하는 아들이 미워서(?)
〈뭐가 그리 급해서 시계부터 꺼내 놓는거.〉 하고 짐짓
한마디를 하셨다.

우리 엄니는 환한 보름달 같은 며느리를 내심 원하셨는데
아무리 뜯어봐도 조 쪼꼬만 지지배가
아 잘낳고 당신 아들을 잘 건사할 것 같지가 않으신 거였다.

그런데다 두어 번 만나고는 살겠다고 데리고 왔으니...

내색도 못하신 채 엄니는 우리를 남겨놓고 마실을 가셨다.

다듬이 돌 위에 이불 호청을 잔뜩 얹어놓고
〈한 번 밟아 봐라...〉 하신 채로...

사십에 낳은 하늘같은(?) 아들이 장가를 들겠다고 〈가스나〉를
데리고 왔는데 어찌 엄니가 내색을 한단 말인가...

좌우지간 다듬이돌 위에 서서 이불 호청을 밟으며
남자 집 방안에 혼자 있는 그 드러운(?) 기분...
정말 어쩔 줄 몰라 했었다.

〈지루해서 그만 하고 싶은데 내려올 수도 없고
그렇다고 그냥 다듬이돌 위에 서서 밟고 있기도 힘겹고...〉

"에라~ 알게 뭐야..."
내려서서는 그냥 방바닥에 주저 앉아있었다.

그 꼬라지만으로도 벌써 〈조 지지배〉가 살림을 진득하니
살지 못할 거라는 것을 아마도 아시지 않았을까...
그렇게 나와 우리 엄니의 첫 상면은 예정에도 없이 급작스레
이루어졌다.
성질 급한 아들의 계획에 맞추어...

우리 집에서 말도 못하게 반대했다는 걸 아셨으면 아마도 나는
남아나지를 못했을지도 모른다.
끝내 그걸 모르고 가셨기에 망정이지...

어쨌거나
아들 딸 낳고 훤하게 동그래지는 며느리를 봐가면서
우리 엄니는 나를 편하게 볼 수 있었을지도 모르겠다.

사시면서 한 번도 싫은 내색을 않으셔서
외며느리이면서도 나는 한 번도 시엄니의 진지한 〈시집살이〉를
살지 못했다.

아무것도 할 줄 모르는 내게는
지금 돌이켜 생각해 보건대
〈그건 내게 하나의 복이었다.〉

며느리에게 신세지지 않으시려던 우리 엄니도 늙는 것은 막지
못하셨는지 기어이 내게 의지를 해오셨다.

그리고는 생각지도 않은 치매가 들이 닥치고...

제일 먼저 며느리인 나를 잊으시고 아들을 잊으시고
손녀를 잊으셨는데

사춘기 심한 손주의 효도도 받지 못하신 엄니가 끝까지
기억하신 것은 - 하늘같은 - 아들이 아니라
할머니에게 관심없던 손주였다.

나를 보시면서
"아줌니~ 나 좀 일으켜줘유우~~" 하시거나

아들을 보고
"여보~~~~~" 하시거나 했으니

오래전에 세상을 뜨신 살갑지 못했던 시아버지가 아셨으면
하늘에서 흐뭇한 웃음을 웃으셨을까...

죽음을 며칠 앞두고 (가시려던 신호였는지)
머리 단정히 깎으시고
시원하게 변 보시고
맛있게 미역국 잡수신 엄니는 그 날 새벽(?)에 아무도 모르게
하늘로 가셨다.

돌아가시고서야
그 징조를 모르고 있던 나는 설움에 울도 또 울어댔다.

치매가 힘들어 소리지르던 일이며

화장실 사건이며...

그 모두를 새삼스레 후회하게 만들었다.

이젠 습관처럼 되어버린 시집의 진지하지 못한 제사상은

나에게로 와서도 역시 그대로 이어졌다.

돌아가신지 이제 2년.

모두 모여

엄니를 앞에 두고 절하며 농담한다.

〈엄니... 우리 돈 많이 벌게 해줘유~〉

〈할머니... 지 장가 좀 들게 해줘유~〉

그래도 나는 좋다!

엄니가 용납했던 〈즐거운 제사〉였으므로...

엄니~

하늘에서도 지를 이쁘게 봐주시고 엄니의 하늘 같은 아들도

잘~ 풀리게 도와주서유~.

하늘엔 별이 총총...

돌아오는 고속도로 위
양귀비 눈썹 같은 달이 나를 홀리더라.
달을 보러 고개를 돌렸더니
반짝이는 별들이 내 앞을 가로막고서 또 날 유혹하더라.
황홀한 마음에 차가 얼마나 속력을 내는지도 모르겠고
제대로 집을 찾아드는지 조차 모르겠더라.
어쭙잖은 발목으로 운전대를 잡았으나
그래도 나를 유혹해주는 〈님〉이 있어
이 차가운 하늘이 매섭지 않고
오히려 내 발목처럼 저 님도 발목이나 삐어(?)
내 곁에 있었음 싶더라.

슬픔 때깜이 드는 아침

논둑에
나뭇가지 끝에 산등성이에
하얗게 서리가 앉았더라.
시린 하늘만큼이나 가슴이 시려와서
슬픔이 내 가슴속 저편까지 뻗쳐오더라.

올랑교

나
그대 보고픈데
그대 올랑교
십리도 아닌
백리도 아닌
천리길 바다 건너 그대 있는 곳
훠이 훠이 손짓하는
그대 안의 외로움이
나를 울리고
명희를 울리고
또 그대마저 울리면
그대 보고픈 어지럼증에서 헤어나지 못하는 날
그날
나는 편지를 하겠지만
그대
나 보고파지면
그대는 올랑교

나한테 神氣가 있는 것은 아닐까...

고3 어느 날 꿈에.
유리벽 안에 갇혀 나올래야 나올 수 없는 상황에서 몸부림 치는
꿈을 깨고 나서는 내 자신이 얼마나 고3 상황을 힘들어 하는지
스스로 인지한 적이 있었다.
그리고 입시 발표를 앞두고
꿈 속에서 너무도 맑은 수영장같은 물을 보며
〈아~ 너무 맑다~!!〉 감탄하며 깨어나서는
좋은 징조같아서 기분이 들뜬 적도 있었고...
그 후로도 맑은 물을 보면 대부분 좋은 일이 생기기도 하더라.

대학 졸업 후
나보다 먼저 결혼을 한 내 쌍둥이 언니의 〈태몽〉을
꾸어주기도 했고
내 결혼 후 뱃속에 태기가 있던 어느 날.
(신혼의 살림은 넉넉지 못하여 목욕탕에서 물을 길어다
쓰고는 했었는데)
어느 날도 커다란 들통에다 물을 잔뜩담아 씽크대로 날라다
썼다.(서너 번을 힘겹게 끙끙거리며)
그즈음 꿈을 꾸었다.

산길로 높다랗게 계단이 있었다.

힘들게 올라가 보니

돌로 만든 소여물통 같은 곳에 맑은 물이 고여있고 고기가

놀고 있었는데

반은 죽어 둥둥 떠있고 반은 살아있더라.

꿈을 깨고는

얼마 후 유산기가 있어 친정에서 한 달간을 조리했었다.

상태가 좋아져서 집으로 왔더니

꿈에서 본 물 속의 고기가 다시 살아있는 꿈이 보이더라.

"참, 희안도 하지..."

내 꿈을 기막혀 하기도 했었다.

결혼 생활 동안 잘 나갈 때는 어쩌다 돼지 꿈도 꾸곤 했는데

그냥 저냥 세월은 흘러갔다.

그러다가 몇 년 전

I.M.F가 터지고도 남편은 잘 나가고 있었는데...

꿈에 하얀 집채만한 구렁이가 나를 휘~ 한 바퀴 돌고는 천장을

뚫고 나가 하늘로 날아가는 일이 발생했다.

꿈속에서도 그 하얀 구렁이가 무섭지를 않더라.

(내 주위를 빙 돌아드는데도 불구하고...)

꿈을 깼는데 갑자기 생각이 났다.

(한 번도 의식적으로 그런 생각을 안 해봤는데)

'이게 어른들이 말하는 집을 지켜주는 〈업구렁이〉가 아닐까...'

그런데 왜 우리집을 떠나는 거지?
이게 무슨 의미일까...
불길한 생각이 내내 들었지만
아무런 징후도 없는 날들이 흘러갔다.
그러더니 본사를 시작으로 무너지던 회사는 멀쩡하던
남편 회사까지 덮쳐서
우리 집은 급기야 벼랑에 떨어지고 말았다.
언제 다시 그 하얀 구렁이가 돌아오지 않을까...
기다리지만 한 번 떠난 업구렁이(?)는 꿈에 돌아오지 않더라.

그러다가 작년 그렇게
꿈 속에서 개들이 피투성이가 되어 쓰러지고 머리가 잘리고
급기야는 내 옷에도 피가 묻어나는 끔찍한 일들이 벌어졌다.
누군가는 내 몸에 피가 묻었으니 좋은 일일거라 했지만 얼마나
몸서리치는 꿈이었는지 생각조차 하기 싫었다.
그래서
〈애들아, 길조심해라... 일찍 다녀라... 외진 곳으로 가지마라...〉
신신당부를 했고
그즈음 낮술도 마다않던 남편에게도 〈운전 조심하라..〉며
걱정을 했는데...
그 다음날 아무 일 없이 잘 지나가서

좋은 꿈이었나~? 생각도 해보았다.
그러더니
남편은 대낮에 집에 들어오면서 만취한 상태로 운전을 했고
기어이 집 앞 500미터를 앞두고 〈대형 사고〉를 치고 말았다.

정신이 나간 상태에서의 사고라
본인은 손가락 하나 다치지 않았지만
차의 조수석은 완전히 부서져서 차 문은 어느 쪽도 열리지 않고
누가 봐도 대형사고를 의심치 않게 만들고야 말았다.

그래도 경찰 단속에 안 걸리고
길가던 아저씨들이 우리 남편을 집까지 모셔다(?) 주는 행운이
있어서 그나마 후유증도 없이 마무리를 잘 지을 수 있었다.

내 친정 엄마는
〈그래도 꿈속에 피가 네 옷에 묻었기에 이만 한 줄 알아라〉며
내 꿈을 신통해했다.
정말 그런 것일까?

오늘,
보험 회사에서 뭔가가 날아왔다.
보험료가 백만원이 넘었더라...
남들은 2종에서 1종으로 바꿀 수 있다는데

(10년 무사고면...)
남편이야 〈나, 1종으로 바꿀까?〉 말하지만
자기 대신 사고난 책임 뒤집어쓴 마누라는 말도 못 붙여볼
지경이 되었다.

그러다가 지난번에 다시 꿈을 꾸었다.
커다란 물고기가 말도 못하게 큰 물고기가 한 마리에서
대여섯 마리로 늘어나 마당의 못(?)이 넘치는 꿈을...
그 힘이 얼마나 좋고 신기하던지
꿈 속에서도 기분이 좋더라
〈여보, 당신 일이 잘 풀릴거야... 내가 꿈을 기막히게 꾸었거든~〉
남편은 참말로 좋아한다.
그리고 일이 잘 풀려가고 있기도 하고.

이렇게 평생에 몇 번 안되는 그런 꿈이었지만
내 운을 맞추는 꿈 때문에 남편은 나를 '내 꿈'을 신뢰한다.
그리고 마누라 덕에 자기가 잘 산다고 진심으로 생각해준다.
더불어
자기 삐죽한 얼굴보다 마누라 동그란 얼굴에 복이 붙었다고
추켜줘가며...
그래서 나는 이 성질 드럽고 웬수 같은 남편을 사랑한다고
생각하며
오늘도 잘 살아주고 있다.

물론 남편도
내 접시물 같은 소갈딱지를 잘 받아주고 있지만...

가끔 내가 〈신끼〉가 있는 건 아닐까 하고 생각이 드는 건
20몇 년 동안, 몇 번 아니었지만 이렇게 맞춰주는 내 꿈 때문이다.
늬들도 그렇게 생각하니?

에미의 마음

어제 아들을 군에 입대시키고 왔다.

철이 늦게 든다고 걱정시키던 아들...

유난히 힘든 사춘기를 겪으며 에미를 사나운 여자로

둔갑시키던 아들...

나와 제 아빠의 여린 쪽을 다 가져가서 또 유난히 눈물 많고

마음 약한 아들...

컴퓨터 켜놓고 고래고래 소리지르며

돼지 멱따는(?) 소리로 집안 식구들을 곤혹스럽게 만들던 아들...

KS 모범생인 누나와 비교되는 것을 지나친 자격지심으로

공격적으로 받던 우리 아들...

그래도 고등학교를 졸업하고는 자꾸만 부드러워지는 통에

즈이 아빠와 나를 어리둥절하게 하던 아들...

술 한 잔 마시고 와서는 그저 좋아서 엄마 앞에서 새새거리며

아양을 떨던 키 180이 넘던 그 아들이 기어이 군에 갔다.

군에 가서 힘든 경험 하고

좋은 경험 하고 좀 더 성숙해져서 오길 기다리는 우리에게

아들은 멀찌감치 구령 소리를 내지르며 새로운 도전에 직면해있다.

아들이 떠난 방에는 정리해서 묶어둔 책뭉치며 소소한

잡동사니들이 어지럽게 널려져 있었다.

〈절대로 건드리지 말 것〉 하는 주의사항과 함께 테이프로
동여맨 봉투까지...

〈계모〉임을 자청하며 보낸 아들이 떠나고 하루.

놀러가서 안 보이는 아들의 모습과 달리
가슴 속에서 뜨거운 것이 솟는 느낌은 왠일인지...
제대로 적응하고 잘 지낼 것인지 새삼스레 걱정이 앞서 잠을
청하기 어려웠다.

빈방은 자꾸 심란하게 마음을 찌르고...

빨리 백 일이 지나서 군복입고 의젓해진 아들을 보았음 좋겠다.
그럼, 조금 안심이 될 텐데...

아들이 군에 가고서 좋아진 것은
입던 트렁크 속옷을 즈이 아빠가 다 입을 수 있어서
편해졌다는 것 하나.

새로 사온 것은 이쁘다고 다 가져가고 헐렁한 것만 남겨서
그렇지 않아도 늙어가는 즈이 아빠를
속옷까지 늙어 보이는 색깔만 남겨놓았다고 툴툴댔었는데
이제 남편도 아들이 남긴 젊어 보이는 트렁크를 방해받지
않고 입을 수 있어서 참 좋긴(?) 한다.

계모 하기로 했는데 이렇게 신경이 쓰이고 잠이 안 오는 걸 보면
내가 생모는 생모인 게지.

목욕가기

어느 화장품 회사 사보에서 읽은 기억이 있다.
만삭인 새댁이 늙고 마른 시어머니와 목욕을 갔더란다.
주변에 있던 아이 하나가 제 엄마에게 소리치며 하는 말.
"엄마 E.T야!!"

그 소리를 들은 새댁.
속으로 '아~~ 시어머니가 마르고 온 몸이 주름져서 애들에게
그렇게 보이나 보다ㅋㅋㅋ'
다시 한 번 늙은 시어머니의 마른 몸을 보며 쓴웃음 지었는데...
아이 엄마가 하는 소리를 들으며 대경실색(?)을 했단다.
"쉿! 그런 소리를 하면 못써요... 뱃속에 이쁜 애기가 있어서
그런거야~."

시장을 다녀오며 문득 그 생각을 해냈다.
비쩍 마르셨던 우리 시어머니.
당신은 그런 모습 보이기 싫으셔서 며느리와 목욕가는 걸
꺼려하셨더랬다.
나 또한 시어머니와 가는 목욕이 달가울리 없었고...
운신을 못 하셔서 어쩔 수 없이 며느리 앞에 벗은 몸을

보이기는 하셨지만
걸어다닐 수 있는 동안은 당신 스스로 목욕을 하신
우리 시어머니였다.

그런데
우리 친정의 올케는 참 이상스럽기도 하다.
신혼 초부터 시집살이를 했는데
"어머니, 목욕가요~"를 서슴없이 해댄다.
우리 엄마도 의아해 하지만 좋아하시고...
그걸 못했던 내 자신을 돌아보며 얼마나 올케가 고마운지 말로
표현이 안 된다.
다시 시어머니가 살아오신다면 같이 목욕을 갈 수 있을까?

아니, 정말 자신 없는 물음이다.
그런 면에서, 내 엄마와 살아주는
같이 목욕가주는 올케가 정말 나는 고맙기만 하다.

애들아
너희는 시어머니와 목욕간 적 있니?

아들의 〈잘난 척〉하기

우리 아들 다섯 살 때.
〈버스〉 발음이 당췌 되지를 않던 아이 귀에도 이상한 것은
이상한 것!
제 이모가 놀리느라
같이 타고 간 차 안에서 말을 붙이더라

재범아~
저어기 〈뻐쯔〉 간다...

이모오~!!
〈뻐.쯔.〉가 아니라 〈뻐.! 쯔.!〉야...
?????????

그날 차안에 있던 우리는 완존히 넘어갔다.

저... 고백 하나 해두 되나요?

이제사 말이지만...

〈박지성〉이가 골 하나 집어넣고 막~~ 달려올 적에...

〈히딩크〉가 같이 팔 벌려 박지성이와 힘차게 포옹 할 적에...

사실은 내가 〈박지성〉이가 되어 〈히딩크〉와

얼싸안고 싶었어요.

저

아직 마흔 일곱밖에 안 되었거든요~~

에궁, 부끄러버라... *^^*

아들이 보내온 사탕 2개

오늘 박스가 도착했다.
박스를 보았을 때까지만 해도 무덤덤했는데
내용물과 쪽지 편지를 보며 가슴에서 뜨거운 것이 치민다.

- 엄마가 보고싶어.
- 이제 이사가는 것 하나도 안 중요해. 엄마만 있으면...
- 빨리 엄마 목소리 들었음 좋겠다.
- 화이트 데이지? 사탕 2개 넣었어.
- 사랑해 엄마...

훈련소에서 주는 사탕 2개 남겼다가 엄마에게 주는 아들이
눈에 밟힌다.
안 입던 내복도 입고
새벽에 보초도 서고...
백일 휴가를 눈이 빠지게 기다리는 아들의 모습이 어른거렸다.
제 아빠가 이 쪽지를 보면 눈물 깨나 쏟을텐데...

가슴이 뻐근해진다.
사탕 2개를 우찌 먹을꼬...

크게 심호흡을 해야겠다.
눈물이 날 것 같아서...

성질 더러운 딸

나도 기억 못하는 대여섯 살 때,
엄마랑 같이 나란히 걷다가 엄마가 앞서가면 그냥 그 자리에
쓰러졌단다.
엄마가 먼저 갔다고...
뭐, 순전히 우리 엄마 말이긴 하지만
그랬을 수도 있겠지...
아마도 내가 대구에 살았을 때 얘기같은데
동네 우물에 물 길러 갈 때는
그래서 항상 나를 앞장세웠다나 어쨌다나...
그런 지지배가
어느날 아침에 그냥 갑자기 쓰러져 정신을 잃었더란다.
온 동네 다~ 다녀도 가망이 없다고 하고...
신발도 신지 못한 버선발로 엄마는 사방을 헤매었는데
누군가 용~한 한의사가 있다고 해서 날 들쳐안고 거기로 갔단다.
그런데
침 한방에 내가 울면서 살아났다나?
우리 엄마는 그 한의사 얘기를 귀에 못이 박히도록 해댄다.
"니가 그렇게 성질이 참~ 못됐었어..." 그래가면서.
그래도 어린 나이에 글씨가 알고 싶어서 귀찮게 쫓아다니며

물어싸서
내가 쓰러졌을 때
성질도 못된 것이... 고렇게 알고 싶어서 안달하던 것이...
"고것이 그렇게 쓰러질라고 바득거렸나 보네.~"
이웃에서 그랬더란다.

물론 그 이후로는 엄마가 앞서간다고 쓰러지는 불상사는 없었다네...
침 한방이 내 성질까지 고쳐놓은 모양이여~!

젊은 남자가 내게 눈웃음을~?

세금을 내러 은행에 갔다.
딸아이에게 심부름을 시켰더니
너무 사람이 많아서 아르바이트에 늦는다며 고지서를
다시 내밀더라.
나는 사람 많은 은행에 안 가고 다른 데 가야지...
딴에는 머리를 굴려가며 다른 은행을 찾는다.
은행에 들어서는 순간,
웬 남자와 눈이 딱. 마주쳤다.
에구...!
〈쿵!〉 하는 심장박동 소리가 크게 들렸다.
아니, 저 남자가 왜 내게 눈웃음을 치는 거야~~?
젊은 애가... 생김새도 잘~ 생겼구마는...
애인이 〈줄나라비〉를 서게 생겼는데...
???...
어쨌거나
그 젊은 남자는 눈꼬리에 주름을 넣어가며 날 보고 눈웃음 지었다.
오메, 좋은 거...
나도 눈웃음이 절로 나왔으나... 그래도 체면이 있지,
이 나이에 같이 웃어줄 수 있어~?

속으로는 좋아 죽겠는데...

그런데 마침 아는 친구를 만나 단 5분만에 일을 끝내고
나올 수가 있었다.

ㅋㅋㅋ 일이 잘되려면 이렇게도 되는구나.

나는 자꾸 삐져나오는 웃음을 참아내지 못하고 그 웃음을
창구 아가씨에게 던져준다.

빗방울은 점점 굵어지는데...

아무려면 어떠랴...

친구랑 같이 은행을 빠져나오면서 다시 뒤돌아보고는
싱긋 웃음을 흘린다.

"나도 네가 맘에 들어~" 화답하는 의미에서...

돌아오는 끝까지 그 젊은이는 날 배웅(?)하더라

"젊은이, 복받을겨~"

코너를 도는 순간 잘생긴 〈원빈〉이 자취를 감추었다.

- 우리은행... 원빈 브로마이드를 보며 -

불면증

잠든 하늘
사방은 고요한데
깨어난 의식 하나가
똬리를 튼다.
머리 뒷꽁댕이가 아프다.

날카로와지는 신경증
몽롱함은 경계를 허물고...

하나. 둘. 셋. 넷. 다섯... 아홉. 열
하나. 둘. 셋. 넷. 다섯... 아홉. 열

열에 열을 반복해도
정신은 잠들지 않는다.

하얗게 새벽이 보인다.

비오는 날

비가 오는 날은
비를 핑계삼아 맘껏 감상에 젖는다.
내 아무리 맘 상하는 일 있어
가슴 저미도록 울음 삼켜도
누가 내 맘 속까지 들여다 보기야 하겠는가.

슬픈 날
우울은 비처럼 내리고
그리움마저 빗방울로 쏟아져
나는 그만 터지는 울음 빗방울로 핑계를 댄다.

보이지 않는 길이
애처롭다 못해 원망스러워
아직도 미련을 버리지 못한
때문은 내 욕심이거늘
어찌 뉘게 하소연만 할까

그저
비나 주루룩 주루룩

하염없이 쏟아졌으면 좋겠다.
내 맘 들키지 않게...

달빛

아직도 못다한 말이 있었던 것을
나는
끝내 털어내지 못하고 자리를 뜬다.

네가 무엇이관대...
내가 무엇이관대...

창틀 사이로 달빛이 끼어 바둥거린다.

달빛 속에 네가 숨어
밤마다 내게 손짓하는 것일까?

'나 좀 쳐다봐봐'
'내게 좀 와 봐봐'

기껏 마주치면
눈웃음만으로 스쳐지나갈 것을

번번히 너는 달빛으로 다가와
내 맘을 흔든다.

어지럽다.

어머니와 김영옥

장금이가 끝나고 나니 텔레비전하고도 이별을 할 지경이
되어버렸다.
〈사는 재미〉가 없어진 느낌... 뭐 이런비슷한 감정으로
흐느적거리는 시간을 달래고 있는데...
그런데 엊저녁 무심히 돌린 한 드라마가 눈에 꽂힌다.
인터넷이나 신문에 보니 연기 잘하는 인물들로 꽉찬 드라마인데
그냥 채널 돌려놓고서 별 생각없이 들여다 본 내용 중에는
치매 할머니 역의 〈김영옥〉이 너무 실감나게 죽음을 맞이하는걸
예고하고 있었다.
그녀의 순탄한(?) 죽음을 보며 문득 내 시어머니 생각으로
가슴이 울컥해졌다.

준비해 놓은 수의를 꺼내 꼼꼼히 다림질하는 그 모습에
우리 시엄니의 얼굴이 오버랩되고
엄니 옷장 저 구석에 잘 개켜진 채 꺼내보지 못하는
엄니의 마음을 새삼스레 헤아려보게 되더라.
나 또한 그 숭허디 숭헌 수의는 꺼내봐 뭣하나 싶어,
한번 꺼내보고 싶어하시는 엄니의 마음을 애써 묵살하고는 했다.
병원 침대에서 낙상하신 후

갑자기 심각해진 엄니의 치매는 며느리인 나를
아주 몹쓸 인간으로 만들기도 했는데...
변비로 고생하시는 엄니를 따라 화장실로 들어가서는,
변기에 앉은 엄니 앞에 마주 앉아 엄니 뱃살을 쓸어내려 변을
보시게 해드렸었다.
그 때마다 엄니는 〈참 재주도 많어~~ 어떻게 이렇게 쉽게
보게 한다야~〉 하고
진정으로 감탄을 하시곤 했다.
배를 쓸어내리면 장운동으로 변이 잘 나오는 건 엄니만
모르는 상식이니까...*^^*

그러던 엄니가 갑자기 휙 정신이 나가서는
뒤처리를 해드리고 내 손을 씻는 순간, 다시 당신 손을 변기
속에 넣어 휘젓고 나면
엄니고 뭐고 불끈 성질이 나서 냅다 소리를 지른다.
〈엄니 왜 그래요오~~ 대체 왜 그러냐고요오~~〉
손톱 새 새에 낀 오물을 제거하며 그야말로 내 머리통은
불덩이가 되어버렸다.
정말 변기 속이 오물이 깨끗한 물로 보였던 것이었을까...
벌컥 화를 내는 나를 며느리인 줄도 잊고, 야단맞는 아이처럼
가만히 계시던 우리 엄니...

그렇게 가끔씩 내 속을 뒤집던 엄니를

그래도 하얗게 바랜 커트 머리가 흉해서...
그 모양대로 하늘로 가실까봐 조바심을 내고는 했다.
걷지도 못하는 노인네 들쳐업고는 휘적휘적 걸으며
집 앞의 미용실로 가서
꼬불꼬불 진하게 머리를 말아달라고 당부에 당부를 했는데
알지 못하는 주변 사람들은
파마 해드린다고 시엄니 업고 온 며느리를 효부났다고
한마디씩 했지만
실상은 흉한 모습으로 하늘로 보내드리기 싫은,
같이 살던 며느리의 묘한 오기 같은 것이었음을 누구도 몰랐으리라.

진심으로 잘해 드리기만 했더라면 그렇게 슬프지만도 않았을텐데
진심을 가장한 친절도 있었고, 성의를 다한 척 한 쪽을 비워놓은
효심도 있었다.
그렇게 내 애를 태우던 엄니는 어느 날
누우신 채 뱃속에 고였던 숙변을 다 털어내시고...
깨끗이 목욕을 하신 후
그날따라 미역국에 말은 밥을 다 잡수시고 곤히 잠이 드셨는데...
다음 날 아침 들여다 본 엄니의 방에서
답답하셨던 듯 가슴을 풀어헤친 모습의 엄니는
그렇게 혼자 하늘나라로 떠나셨다.
그 황망함이란...

엄니의 시신을 영안실에 안치하고서 밀려오는 설움을
어찌 말로 설명할 수 있을까
그 사흘을
나는 거짓섞인 진심과 한 쪽 비어놓은 효심을 자책하며
오래오래 울음을 울었었다.
〈시어머니가 돌아가셨는데도 울음이 안 나오면 어쩌나...〉
예전엔 그런 걱정이 안 되던 것도 아니었는데
막상 돌아가시니 잘못한 것만 죄스럽고 또 죄스러워 눈물로
사죄를 해야만 했었다.
늘그막에 곱게 돌아가시고 싶다던 엄니의 바람은 지켜지지
않았지만
그래도 크게 집안을 휘젓지 않으시고
적당히 자식들 맘에 새겨놓으신 채 가신 엄니를 생각하면
〈그것도 내 복이다〉 하고 고마운 마음에 다시 엄니를
되새겨보게 된다.

김영옥의 치매 노인 연기는 정말 일품이지만
늙어가는 내 친정엄마를 보며... 늙어가는 나와 남편을 보며
우리는 곱게 늙다가 곱게 세상을 떴으면~~~ 하고 속으로
간절한 바람을 한다.
그나마 시엄니는 내 몫이었으니 죽으나 사나 해야 할 도리였지만
아들과 사는 친정엄마에게는 제대로 전화조차 건네지
못하고 살아

이렇게 드라마라도 보는 날이면
친정엄마 보내고 또 서러워할까봐 지레 겁을 먹게 된다.
친정엄마 보내고는 죄스럽게 눈물 흘리지 말고 조금은 떳떳한(?)
마음이 들어야 할 텐데.
부모를 보내고 당당해질 수야 없겠으나 그래도...
이렇게 말이 안 되는 소리를 써가며 마음의 위안을 삼아본다.

김영옥 파이팅!!

바보

바람이 많이 분다.

날도 추워지고...

누가 그렇게 썼다.

"바보야

문제는 네 생각이야."

아무리 생각해도 나는 바보더라.

감기 조심!

행복이 입안에서 톡톡 터졌음 좋겠다.

배비장의 이빨

친구의 핸드폰이 성능을 잃어 자꾸 끊어져가는 중이었다.
개비하려고 마음 먹는 중이었다나...

마침 남편의 핸드폰은 옛날 것이라 저장용량이 부족해 불편함을
이기지 못한 남편은 어느 날 딸과 함께 나가더니 새 것으로
바꿔들고 왔다.

교환되지 않고 그냥 헌 것은 손에 쥔 채로...

"여보 그 핸드폰 재환이 엄마 줄까?"
"그러든지..."

득달같이 일어나 전화를 했다.

"있잖아~~우리 남편이 새로 핸드폰을 바꿨는데
가지고 있던 거 자기에게 불하해도 되냐?"
"좋~~~지!"

그날 저녁으로 친구집으로 향했다.
(사실 딸 데리러 가는 일이 생긴 탓이었지만...)

새로 돈들여 바꾸지 않아도 되어버린 친구는 고마운 마음에

"내가 정표로 이 핸드폰을 항상 가슴에 묻고 다니겠다고
전해줘... 효진아빠에게..."
"정표?"
"정표로 간직할 것 같으면 이 무거운 핸드폰 갖고 되겠냐
내가 어느 날 날잡아 효진 아빠 이빨 뽑아다 줄테니까
그걸 정표로 갖고 다녀라."
"오잉?
고런 엽기적인 발언을? ㅋㅋㅋㅋㅋㅋㅋㅋㅋㅋ"

내 이쁜 조폭 친구는 내 말에 웃음을 참지 못하고 자꾸 넘어갔다.

"이 여자가 왜 이렇게 변했댜~~."
"다~~ 자기에게 배운 거 아니냐~."

결국은 둘 다 실소를 금치 못한 채 키득거리며 남편의 뽑힌
이빨을 상상해낸다.
우히히히히...

"내가 정표로 가져가 줄테니까 목에 잘~ 걸고 다녀라 잉?"

집으로 돌아오니 남편 하는 말
"잘 갖다줬어?"
"웅... 그런데 그 핸드폰을 당신이 준 정표로 가슴에 안고
다닌다길래 내가 그러지 말라고 했어.."
"당신 이빨 뽑아다 줄테니 그걸 정표로 걸고 다니라 했지..."
"이빨...?"
"내가 무슨배비장이냐? 흐흐흐..."

그리하야 내 친구들은 내가 언제 남편의 이빨을 뽑아다 줄까
노심초사하며 기다린다는 거 아니냐.
내 남편의 물건을 정표로 갖고 다니겠다는데
그 정도는 (의리로) 서비스 해야 되는 거 아닌가...

내가 아무래도 이상해지긴 이상해진겨~
별 쓰잘데기 없는 소리나 해쌓고...

그래도 우리 이쁜 조폭 친구들과 만나면
요즘은 요런 인사하고 웃느라 시간을 보낸다.
"아직도 효진 아빠 이빨은 별일 없이 달려있는겨? 히히..."

나
이십 년 산 마누라 맞나?

현우 씨 앞에

장례식장에서 마주한 현우 씨는 초췌했음에도
일일이 인사하는 우리 손을 맞잡아 주었다.
"우리 엄마 이쁜 얼굴 좀 봐..."
순간 울컥 목이 메었고 눈물을 떨굴 것 같아 아주 애를 먹었는데
내 아버지를 묻고 우리 시엄니를 묻은 후로는 상가에서 피어나는
향 냄새만 맡아도 누선이 자극되곤 해서 가끔 곤혹스럽기도
하니 나이 탓이 아닌가 싶다.
동기들이 많이 왔더라. 친구들을 보며 속으로 되뇌었다.
<의리있는 놈(?)들...!>
멀리 대전에서 청주에서 밤 열 시 가까이 도착해 문상한 미란이와
성팔 씨를 보며 그 의리있는 놈들이라는 생각은 가슴을
뿌듯하게 만들기도 했다.
낯선 얼굴들도 많았고...
현우 씨의 얼굴을 보며 엊그제 끝난 올림픽 얘기로 한 번
웃게 해주고 싶었는데 그럴 여가가 나질 않았다. 할 계제도
아니었고...

"현우 씨 하고 싶은 말이 있었어
혹시 자기네 집에 육이오 때 헤어진 동생 없었어?

올림픽에서 역도로 메달받은 이배영을 보면서 웃는
귀여운 얼굴이며 입 근처의 모습이며...
얼마나 현우 씨 생각을 하게 하는지 정말 그걸 묻고 싶었다니까
엄마한테 한번 물어봐. 혹시라도 잃어버린 동생 없냐고...

그러려고 했는데 엄마가 그 새를 못참고 가버리셨네
나중에 엄마 산소에 가면 웃으면서 한 번 여쭤봐
〈엄마, 혹시 내가 모르는 동생 있었수?〉"

짠한 마음으로 집엘 왔는데...
오늘 아침 출근하는 남편을 붙들고 얘길 했지.
"글세~ 우리 엄마 이쁜 얼굴 좀 봐~~ 하더라... 눈물 나서 혼났어"
그랬더니 평소 텔레비전에서 엄마 소리만 나도 눈물 흘리는
우리 남편.
얼핏 고개를 옆으로 돌렸는데 숨이 탁 막히듯이 호흡을
멈추더니 눈물이 그렁그렁해 지더라구.
애써 모른 척했지만 아침부터 남편을 울리는 마누라가
되고 말았지.

애닯은 엄마, 멀리 보낸 것...
좋은 곳으로 미리 가셨으려니 생각하고 힘내~~.
아자, 아자, 파이팅~~!!

늙는다는 것... 그 행복과 슬픔

우습지도 않게 나는 결혼 직후부터 나이가 먹고 싶었다.
그것도 이 년 삼 년 정도가 아닌 많이 건너뛴 육십으로...
아마도 그건 일찍 세상을 뜬 시누이들과 시아버지...
그리고 뒤에 남겨진 조카들을 보며 겁을 먹은 탓일 수도 있고,
더불어 술을 맛있어 하는 남편에 대한 불안일 수도 있겠다.
내 나이 육십이 되어 어떤 모습을 하고 있을까가 몹시 궁금했다.
그런데 오십을 코 앞에 둔 이 시점에 와서 나는 무섭다.

칠십 중반을 넘긴 친정 엄마의 뇌 속에 신경이 많이 죽어있다는
진단이 우선 겁이 났고
물론 아직은 기억력이 많이 딸리는 정도에다 치매 진단은 안
받았지만, 어쩌면 그럴 수도 있겠다는 예상이 신경을 오무라들게
만들었다. 시어머니를 치매로 보낸 경험은 조금씩 늙어가는 것에
대한 조바심을 가슴 밑바닥에 깔아놓게 했지만 친정 엄마도
어쩌면... 하는 가상은 내 자신까지 끌어내리고 만 것이다.

아마도 육십이 빨리 되고 싶었던 이면에는 건강하게 같이 늙고
싶었던 속내가 포함되었겠지만 눈가의 주름이나 흰머리, 세상과의
전쟁은 전혀 포함되어 있지 않았을 터였다. 수시로 삐져나오는

흰머리가 마음을 울렁거리게 하며 눈가에 잡히는 선이나
처지는 눈두덩이가 늙음을 실감나게 한다. 더구나 기억력에
있어서는 더 말할 나위가 없에랴... 생각나지 않는 단어를 굳이
딸래미에게 전화로 묻는 촌극(?)에 이르면 〈육십〉에 대한 내
바람(?)은 얼마나 허황된 계산이었나 싶어 슬퍼만 지는 것이다.

그럼에도 나는 빨리 육십이 되고 싶다.
육십이 주는 포기와 현실에 대한 인정... 그것을 받아들이면
마음은 훨씬 안정되지 않을까 하는 요상한 기대심리가 있다.
웃기는 발상(?)이다.
건강하게 늙고 싶다는 바람이 이렇게 강한데, 나는
마음으로만 늙어가고 있다. 사치스럽다.
몸은 알지도 못하는 새에 바람이 새고 있는데...

어제는 종일 무거운 안개가 마음을 짓눌러 우울하게 만들었다.
많지 않은 사람만보고 그냥 내 맘 느껴줬으면 좋겠다.
그냥 그대로... 더도 말고 덜도 말고 그냥 써있는 내 맘 그대로...

그리움에 대하여...

"그 친구랑 만난 게 언제가 마지막이에요?"
"별 다른 이상한 점은 없었어요?"
"남자 친구는 있어요?"

경찰이 묻던 이상한 질문의 끝에 유영이가 있었다.
한강 다리에 신발만 놓인 채 자취를 감춘 유영이는 그렇게
세상과 작별을 했다.
하기사 그건 내 추측에 지나지 않지만 아마도 세상에 유영이의
흔적은 남아있지 않을터였다.
그 겨울이 어떻게 지나갔는지 나는 알 수가 없다.
생각만 하면 눈물이 나고 또 눈물이 나고...
어느 한 곳 전화할 데도 없고 확인할 수도 없는 어리숙함은
그녀를 그렇게 보내버리고 말았다.

"나올래? 할 말이 있어... 안 나오면 내가 네게 갈 거야.."
집에 고이 있을 저녁시간에 전화를 해온 것은 유영이었다.
무작정 떼를 쓰더라... 그 애답지 않게...
그건 협박도 아니고 호소도 아니고... 지금 생각하면 몹시 절실했던
마음을 털어놓고자 했던 나름의 몸부림이 아니었을까 싶다.

집으로 올 수도 있다는 그녀의 말에 밖으로 달려나간 저녁의 만남.
아직껏 잊지 못하는 유영이의 한마디는
"나는 너를 많이 생각했어" 그것뿐이었다.
내가 저를 생각함을 아는지 모르는지 그냥 제 말만
이어 나갔더랬다.
그리고 나는 그 말 한마디로 족했었다.
그런데 실종이라니... 그것도 한강에서...

내 고3은 유영이와 함께 사라졌다.
공부도 되지 않았을 뿐더러, 그 추운 날 강바닥에 누워있을
그 애를 생각하면 머리 속은 온통 눈물샘이 되어 흥건해졌다.
그런 슬픔은 나이를 먹으면서 가끔 잊혀지기도 했지만 유영이가
차지했던 내 마음을 채워 놓기에는 그 상실감이 너무 컸다.
대학을 졸업하면서도 턱없이 생각이 드는 건, 혹시 그 애가
살아있는 건 아닐까... 나만 그걸 모르고 있는 건 아닐까... 하는
조바심뿐이었다.
꿈에선 다 낡은 옷으로 나를 찾아오거나 더러운 얼굴로 와서
씻기고 입히고 하는 일만 일어났다.

다른 꿈의 한 쪽에선
〈내가 살아있다는 걸 네게만은 알리고 싶었어...〉 하며
절절히 말했다.
그런 날은 가슴이 아파서 아무 일도 할 수가 없었다.

그런 허무한 날들이 지나가고... 결혼을 한 내가 과천에
둥지를 틀었을 무렵.
오십이 채 되지 않은 앞집 아줌마가 무슨 병인가로 악화일로를
걷더니만
하루는 산으로 가서 소리를 지르는가 하면 어느 하루는
교회로 가서 열심히 기도를 하고...
그런 와중에 결국 대학생 아들과 딸을 둔 채 세상을 등지고
말았다.
신혼 초의 과천은 재미있는 동네였고 우리 반상회는 아줌마의
야담으로 허리를 펼 날이 없었는데 내게는 갑작스런 아줌마의
죽음이 혼란스럽기만 했었다.

상여가 나가던 날은 차마 나가보지도 못하고 현관 보안경으로
요상한 호기심을 달래고 있었다. 그런 호기심이 영혼을
불러들인 탓일까... 아줌마의 장례 후 언제부턴가 뒷골이 당기기
시작했다. 그 통증은 갈수록 심해져 무섭기까지 하더니 결국은
친정으로 피난을 와 며칠을 머무르고서야 사라졌다.

그런데 그 즈음부터 부쩍 유영이가 보고싶어졌다.
남편을 보내고 청소를 하고 아이들을 재우고... 혼자 텅 빈
거실에 앉아있노라면 유영이가 보고 싶다는 생각은 절절하다
못해 어깨가 떨리고 심장 박동수를 빠르게 하기가 일쑤인
날들이 계속된 것이다.

어깨가 떨리고 가슴이 떨리고... 유영이가 보고 싶어 온몸이
떨려오면... 무서움에 머리를 흔들어 자제를 하려 애쓰는 날들이
자꾸 이어졌다.
〈아... 이러다 내가 신들리는 것이 아닐까...〉 혼자 고민에
휩싸이는 날이 많아졌다.
그런 어느 날 유영이가 내게로 와서 무릎에 누워 얘기를 하더니
더러운 몸을 씻고 가는 것을 끝으로 더이상 유영이는 꿈에서
사라졌다. 꿈이 없는 날을 손가락으로 꼽는 날이 더 많았던
시절이라 언제 유영이가 내게 나타날 것인지 은근히
보고싶기도 했으니까...

그 애가 더 이상 내게 나타나지 않는 건 아마도 좋은 세상으로
갔거나 아니면 〈유영이는 죽었다... 유영이는 죽었을 거야...
그래, 유영이는 죽었어...〉 하고 스스로 최면을 걸어 그 애와
나를 떼어놓은 때문일지도 모르겠다고 지금 생각을 한다.
어쨌거나 그 애는 친구였지만 내가 처음으로 이성 비슷하게
마음을 주었던 혼자만의 사랑이었으니 그 애 마음에 내가
있다는 것은 확인하지 않아도 알 만큼 텔레파시가 통하기도
했다고 느껴졌었다.

가끔 전화로 노래를 불러주고 쪽지도 주고... 입술과 똑같은
모양의 돌멩이도 주고 했던 그 애와의 교신은 그러나 유영이가
〈소사〉로 이사를 가고, 어느 날 기차를 타고 낮은 언덕에 있는

그 애 집이 어두운 방으로 들어가면서 끝이 났다.
그 애에게서 받은 쪽지들을 다 돌려주었으니까...
아마도 그런 내 행위는 더 가까워지려는 투정이었겠으나
유영이가 어떻게 받아들였는지는 알지 못한 채 반이
갈라지고 말았다.
그리고... 고등학교에 진학을 하고 풍문여고에서 나름대로
날리며 지나친 사춘기에 휩쓸리던 유영이는 그 이월 저녁 나를
찾아오고는... 그게 끝이었다.

축구를 좋아해 유럽 축구 선수들 이름을 꿰고 축구 선수가
되고 싶다던 그 애.
노래를 매력적으로 불러 내 마음을 홀리던 그 애.
음악감상실 〈르네상스〉에서 시간을 죽이던 그 애.
남자 친구 얘기가 간간히 내 귓가로 들리던 그 애.
수줍어 마음을 제대로 표현 못 하던 그 애. 유영이...
이렇게 평생을 내 가슴 한켠에서 지워지지 않는 유영이가...
가끔은 남자로 태어나 내 사랑이었으면~ 하고 바래본 내심을
이제사 고백해본다.
이 저녁 오랜만에 그 애 생각으로 가슴이 싸아하다.
그 애는 정말 죽은 것일까... 입술같은 돌만 내게 남기고...

연애편지

초등학교 시절인지 중학시절인지...
언제부터 월남에 파병되었는지 기억은 없지만
한창 월남 애기로 그 어린 나까지 어수선했던 걸 보면
아마도 월남 자체가 대단한 이슈일 것이었다.
그 무렵인지 그 후인지... 버스를 탔는데 (아마도 중1?)
뒷 좌석의 엄마가 4~5살쯤 된 사내아이에게 소리치던 말
"맹호야~!!"
모두들 뒤돌아 싱긋 웃어댔었다.
그 〈맹호 씨〉는 개명 안 했나 모르겠다.^^

월남 위문편지는 아니지만
그 즈음엔 위문 편지도 유행(?)처럼 번져,
나 역시도 예외는 아니어서
초등학교 1학년 짜리가 군인 아저씨와 편지를 주고받기 시작했다.
내 쌍둥이 언니도 그 아저씨 옆의 군인과 같이
위문 편지를 시작했는데
어찌된건지 나만 오래도록 서신을 주고 받았더랬다.

코흘리개가 위문편지를 써야 얼마나 잘 썼을까만

제법 긴 답장에다 말미엔 항상 그 뭐라나?
스케치도 아니고 예쁜 소품처럼 그림을(일러스트라 하나? 삽화도
맞나?) 그려 보냈는데 어린 내가 봐도 참 근사한 그림들이었다.

장롱 위 바구니 속에 한 가득 담긴 그 편지들은
우리 엄마를 연애 감정으로 되돌려 놓았는지
아무 생각없는 꼬마와는 달리
엄마는 동네 아줌마들에게 그 편지 소식을 전하며 좋아하기
일쑤였다.

그야말로 엄마에게 온 연애편지 같았다.

제대가 다가온 시절
〈집에 가면 담배를 못 피니 라이타를 네게 주겠다〉는 내용도
적혀 있었다.
지금 생각해 보면... 꼬마에게 웬 라이타?
아마도 고급(?) 라이터였거나 (내 생각해서) 기념으로 주고
싶었을지 모르겠다.
엄마가 괜찮다고 답장하라는 기억이 아직도 가물거리며 나긴 한다.

이건 내 연애였을까?
아님... 엄마 연애?
어쩌면 고만한 나이에도 내가 편지를 제법 썼던 것일까????

어느 날 학교로 그 군인 아저씨가 찾아왔다고
담임 선생님이 알려줬다.
근데 왜 나는 만나고 싶지 않았을까... 수줍어서?
웬지 피하려고 애를 썼던 기억은 나는데 정작 만났는지
못만났는지는 기억에 없다.

제대한 군인 아저씨와의 서신이 끝난 후에도
우리 집 장롱 위 바구니에는 편지가 가득 담긴 채 엄마의
소일거리가 되었을진대
이사를 오가며 잃어버렸다고 엄마는 아쉬움 담긴 푸념을 했더랬다.

그림 솜씨좋던 그 군인 아저씨는 지금쯤 호호백발이 되어있을텐데
그 위문 편지를 필두(?)로 내가 편지쓰기를 무척 좋아한다는
사실만 밝혀두고자 한다.

요즘같은 디지털 시대에도
나는 아날로그이고 싶은 생각으로 조바심을 낸다.
내가 디지털 시대에 적응 못하는 탓이다.
아~~ 옛~날이여~~!!

그렇게 대학까지 줄곧 친구들과 편지질을 했는데
이젠 쓸 곳이 없다는 아쉬움만 진하게 남아있다.

남성편력

내 첫 남자는 토종 외국인도 아니고 동양계일 수는 더욱 없는
혼혈의 대머리 〈율 브린너〉였다.
'왕과 나' 이전이라 머리숱이 많았는데 여행객 〈데보라 카〉?를
마음에 둔 적국의 군인.
여행자를 관리(?)하는 역할의 "여수"로 기억이 된다.
그의 날카로운 눈매와 강한 입 모양은 정말로 큰 충격을 주어
그의 사진을 놓고 사진 속의 남자와 눈을 맞춰보려 애쓰던
열일곱 이었다.

그를 마음에 품은 채 이지적 용모의 〈J.F.KENNEDY〉를
꿈꿨으며 점잖은 신사. 사진기자 역의 "로마의 휴일" 〈그레고리
펙〉을 그리워했다.

한때 욕심을 부려 율 브린너 + 그레고리 펙을 닮은 남자를
이상형으로 낙점했지만
케네디의 바람기를, 그레고리 펙의 고요함을, 율 브린너의 격정을
두려워하기도 한 사춘기 시절이었다.

그 남자들은 남편을 만나기 전까지 줄곧 일기장의 곳곳을

누비고 다녔으나 그렇다고 남편이 그 셋을 합한 이상형이었느냐
하면 그건 절대 NO 아니올시다.
콩까풀이 시도 때도 없이 씌어진 것은 그런 조건하고는 전혀
관계없이 그냥 〈의도된 운명〉의 길목이었기 때문일 것이었다.

하지만 결혼 후 발달된 미디어 매체들로 수없이 많은 남자들을
접하게 되자 그들은 그야말로 시도 때도 없이 꿈에 나타나
내 가슴을 콩닥거리게 만들었었다. 듣는 이들은 웃겠지만
〈원빈〉이나 〈소지섭〉 같은 모성 본능을 자극하는 아이들하며
〈박신양〉이나 〈이서진〉 같은 기대고 싶은 타입의
어린 아이들이 심장을 고동치게 만든 것이다.

이런 편력은 지금도 그치질 않아 〈조지 클루니〉를 보면 눈길이
풀어져 버리기 일쑤고 007의 〈숀 코너리〉를 보면서 '저 남자와
손이라도 한 번 잡아봤으면~' 긴 한숨을 내뱉곤 했다.
대체 이 남자는 왜 늙을수록 더 멋있어지는 걸까...

속내를 보여주며

친구 日,
"분용아 너는 입 벌려 웃을 때가 제일 예뻐..."

그 후로 그 애 앞에서 나는 의식적으로 입을 벌려 웃으려 애썼다.

그걸 알아챈 그 친구의 실소(?)를 부끄럽게 안으면서
그래도 나는 그 웃음을 멈추지 못했다.

그 애가 좋아했으므로 그래서 나도 좋았으므로,
그리고는 어느 누구에게도 다시는 그런 얘기를 듣지 못했다.

남편에게 조차도...

그래서 그렇게 천연덕스럽게 속내를 보일 일이 없어졌다...

코 앞에서 속내를 보여주던 친구를 잃은 후
웃을 때마다 나는 그 친구를 떠올린다.
그렇게 속내를 보여주었어도 나는 그 애가 좋았다.

분용이의 2 ——

사랑

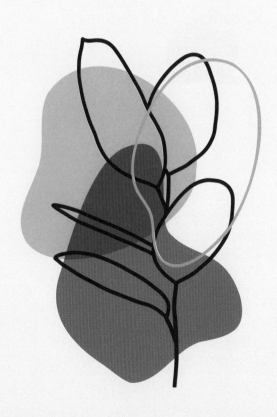

지금 그대로의 모습으로

지금 그대로의 모습 그대로 당신을 사랑합니다.

어제도 내일도 아닌 오늘

지금 그대로의 당신 모습입니다.

젊은 날의 싱그러움을 사랑하였지만

노년의 다가옴 또한 사랑하지만

그래도 나는 지금의 당신 모습을 가장 사랑합니다.

내일의 당신을

나는 내일 가장 사랑할 것입니다.

내년 이맘 때의 당신을

나는 그맘 때쯤 또 가장 사랑할 것입니다.

더도 덜도 말고 내 마음만큼만 내 사랑을 받아주십시오.

그렇게 나는 당신을 사랑합니다.

아시겠습니까?

당신을 사랑하는 내 마음을?

그만큼만 나도 사랑해 주십시오.

참내, 기가 막혀서...

커다란 실내 체육관을 하루 빌릴 생각이야
기왕이면 낡지 않은 깨끗한 체육관으로...
그리고 많은 인원을 차출해야 돼
공갈, 협박, 회유, 읍소를 해서라도...
그러면
최소한 백이십여 명쯤은 모이지 않을까?
그런 다음엔 일사분란하게 움직여야 해
하루에 일을 다 마무리하려면 바쁠 것 같거든
각 반끼리 모여서 팀을 짜는 거야
세 명씩 한 조가 되어서 경기(?)를 해야 하니까
어쨌든 짜맞출 필요가 있어
그러나 알아둘 것은 남자는 남자끼리, 여자는 여자끼리 붙어야 해
필요하다면 깍두기가 한두 명쯤 있어도 상관은 없겠지만
가능하면 한 사람도 빠짐없이 참여해야 하거든
이렇게 다 인원 배정이 끝나면, 세 명이 둥그렇게 앉게 될거야
세 명씩 백이십 명이라...
사십 개의 조그만 원이 그려지겠구만...
그러면 한 번 크게 외치고 본격적인 작업에 들어가야겠지?
"화이팅!"

참

상금이 필요한 것 같애

현금도 좋겠고 상품도 좋겠고

어디서든 협찬을 받을 생각이야

말을 잘 하면 도움을 받으리란 확신(?)은 있으니까.*^^*

먹거리도 푸짐하게 준비할 거니까 배고픈 걱정은 붙들어 매두시고

하기사 판이 벌어지면 먹는 게 뭐 그리 대수겠어.

또, 필요한 물품은 내가 준비할거야

담요가 있어야 할 것이고(그건 심재홍의 빽으로 가능하다고 봐)

40목의 화투는 이 몸이 직접 사들고 올거야

이렇게 해서 조 별 토너먼트가 벌어지면

아마도... 피 튀는 혈투가 벌어지지 않을까?

각 반별로 한 조씩 남을 때까지

그 속이 크레믈린이 되든 접시가 깨지든 그게 무슨 상관이겠어

머리가 팍팍 돌아가니 치매에 안 걸려 좋고

엔돌핀 또한 팍팍 샘솟으니 그 역시 늘그막에 건강해져서 좋고

동기들 친목에 더 없이 일조를 할 것이니

이거야 말로 일석삼조가 아니고 무엇이리요

근데 말이야

끝까지 가면 누구 누구가 낀 팀이 이길까?

〈선무당이 사람잡는다〉고 어쩌면 내가 이길지 누가 알아

하기사 나는 개평만 뜯어도 상관은 없지 뭐~

이 모임이 끝나면 일간 신문 한자락에 이렇게 실릴지 몰라

〈서울 사대 부고 27회 실내 체육관 빌려서 〈고스톱〉 벌이다...

말세다〉

그리고 다음날 쯤엔 동창 회장님 명의로 경고가 뜰거야.

〈부고 27회... 가급적이면 모임을 자제해 주세요.〉

ㅋㅋ.

궁시렁 궁시렁

세상 사는 재미가 없다.

그건 단지 돈이 없다는 명제에서만 드는 생각뿐은 아니었다.

본시 내게 있는 소양 중에 허무가 깊숙이 자리잡고 있기는 하나

요즘처럼 이렇게 온통 머리 속을 헤집고 다니는 일은 없었다.

어찌해야 그 <사는 재미>를 새록새록 느낄 수 있을는지...

내 허무가 자식들에게까지 옮지 않기를 기도해본다.

이게 사는 건지...

하지만 이 느낌은 남편에게는 더하면 더했지 덜하지 않은

기분이리라.

가볍게 웃어본 지가 얼마나 되었는지 기억조차 없다.

새로이 한 해가 왔건만 희망은 가지 끝에 걸려 내려와 주질 않는다.

어찌 살거나...

그리움

내가 그대를 사랑해도 되겠는가
이 맑은 날, 화창한 날들이 비껴서도록
내가 그대를 사모해도 되겠는가

저만치 가로막힌 산등성이가
빗장걸은 그대 모습일까 두렵지만
그대
이 시공을 가로질러 내게 와 줄 수 있겠는가

하얀 낮달이 서러운 것을 이제야 알겠네

나 너무나 멀리 와 있는데
그대 날 찾아 낼 수는 있겠는가

떠듦나기 Ⅱ

툇마루가 넓은 아담한 황톳집 하나 있었음 좋겠다.
겨울이면 닫아 걸어 추위를 막고, 여름엔 걷어 올려 바람
통할 수 있는, 접이식 조선시대의 창을 마루에 해 달 수 있다면
나는 정말 부자가 된 기분에 우쭐할 것 같다.
앞 뒷창을 마주해 달고 한 여름 날 수 있다면 가히 그 바람은
신선의 바람이 아닐까...
사랑방 하나 만들어 황토벽으로 마감하고 방바닥에 콩기름
먹여 노랗게 단장하면,
그래서 장작 때는 아궁이 하나 들여 겨울을 날 수 있다면
아랫목 구들장은 언제나 내 차지가 되리라.
새벽녘, 떠놓은 물 한 그릇 얼어도, 꽁꽁 얼어 매운 날 불쏘시개
넣어 장작불 지피기 귀찮아도, 그래도 얼은 자리끼를 사랑할
것이며 기꺼이 아궁이 바짝 붙어 앉아 군불을 피울 것이다.

마당은 좀 널찍막했음 좋겠다.
낮은 담 주위로 해바라기 씨 뿌려 고흐를 만끽하며 낭만을
떠올린다고 누가 나무랄 이 있으랴
봉숭아 꽃 따서 손톱에 물들여, 첫 서리 올 때까지 바둥거리면
혹시 아는가... 내 첫사랑을 만날 수 있을는지...

분꽃도 가지런히 심어 까만 씨앗, 눈처럼 하얀 속 파내
얼굴에 바르면 동백기름 머리에 반지르르 바르지 않아도
어쩌면 이뻐보이지 않을까
맨 앞 줄엔 키 작은 채송화 모아놓아 앙증맞은 눈맞춤으로
여름을 보내야지
참, 담 모서리에는 나팔꽃을 심고 한켠에 장독대를 만들어야겠다.
〈행여 놓칠새라 부여잡는 손 끝엔 '내 몸 칭칭 동여 임의 마음
묶어볼까'〉
이런 나팔꽃의 소리를 이심전심으로 느껴가면서...

된장도 고추장도 직접 담가놓고, 길게 빨랫줄 널어 틈틈이
이불을 말리면 이 가슴은 얼마나 풍요로울 것인가
뒷곁에는 고추랑 상추, 파, 토마토를 심어볼까 생각 중이다.
그러면 내 집에 손님이 갑자기 방문한들 뭔 걱정거리가 있으랴
풋고추 내놓아 된장 찍어 먹고 된장 찌개 한 소큼 끓여내면,
보리밥에 상추싸서 그대 한입 내 한입... 이보다 즐거운 식탁이
또 어디 있을까 싶어진다.
그러자면 쪽마루 길게 붙인 튼튼한 평상이 있어야 할텐데,
누구에게 부탁하면 잘 짜줄까... 생각은 벌써 거기에 미친다.

욕심을 부리자면 전망이 좋은 집이었으면 좋겠다.
저 만치 보이는 오래된 우람한 나무가 있었음 더 좋겠고...
마당 한 켠엔 황토 목욕시설을 만들어야지... 찜질방도 조그맣게

만들면 원적외선 찜질방이 별거겠나
겨울이 되어 눈은 펑펑 나리고 눈 속에 갇혀 서울 나들이를
못할지언정 나는 하나도 무섭지 않을 것 같다. 눈 속에 파묻혀
화로에 고구마 구워 먹으며 한두 달 갇혀 지내보지 뭐.

··

여름의 한 꼭대기에 와 있는 지금
매미도 졸음 운전 하느라 지쳤는지 베란다 방충망에 걸렸고
아이들은 똥다리 밑에서 깩깩거리며 시간 가는 줄 모른다.
하늘 끝에선 바람이 불어오는가...

오늘은 에어컨 없이 이렇게 얘기를 풀어놓는다.
아, 정말 더운 여름 날이다.
싱거운 상상의 나래만 부풀려지는...

따오기

따오기냐?

작은 꽃무늬가 들어간 검은 원피스를 입은 내게

지연이가 한 마디 했다.

으잉? 무슨 소리야?

"보일 듯이 보일 듯이 보이지 않는

따옥 따옥 따옥 소리~"

앞단추를 두 개 풀다가 세 개 풀었더니

좀 야해 보였던 모양이더라

그 말이 우스워 내내 혼자 웃고 다녔다.

그래도 단추는 세 개 푼 채로...

보일 듯이 안보일 듯이

섹시해 보이고 싶은 내 맘이었나 보다.

남편이 쥐터깅 이야기

남편 고3 때

곧 죽어도 서울대에(못 간 게 아니라) 안 간 탓에
남편은 독일어 공부를 제껴놓고 있었다.

독일어 시험 시간.
뭐 아는 게 있어야지...
시간도 아깝고
빨리 나가서 다른 과목이나(?) 봐야지...

기냥 찍었단다.
가나다라 번호대로가 아닌
나.가.라. 나.가.라. 다. 나.가.라. ... (요따우로...)
엎어져 있다가 30분쯤 후에 시험지를 내고 나가는데...
"응? 벌써 다 썼냐?"
시험지를 훑어보시던 선상님...

야! 이 **야...!!
뭐라고?

나가라 나가라 다 나가라??
그래~! 너 나가서 보자...!!

시험 끝나고
돌아온 독일어 시간!
남편은 앞에 나가서 죽지 않을 만큼 쥐터졌다는 거 아뇨~~

내가 이런 남자랑 산다우
나 불쌍하쥬?
ㅋㅋㅋㅋㅋㅋㅋ

레오가 자다가...

어느 밤... 한밤중에 자다 말고...
누군가 엄마를 부르는 소리에 눈을 뜬다.
〈으~ㅁ 마, 으~ㅁ 마!〉
놀래서 어딘가 쳐다보는데
머리 맡에서 소리가 나는 듯했다.
〈무슨 소리야? 레오가? 엄마? .... 말도 안돼!!〉
눈을 감고 귀를 기울이는데 잠결에 레오가 엄마를 부르는
소리가 분명해 보였다.
〈뭔 꿈을 꾸나...〉
〈내가 잘못들었겠지...?〉
이상했지만 그냥 넘어가긴 좀 요상한 구석이 있었다.
내내 의아함은 사라지질 않고

그런데 며칠이 지난 어느 날
다시 한밤중에 또 엄마를 부르는 소리가 들려 퍼뜩 눈을 떠
레오에게 귀를 기울인다.
바로 내 머리 위에 배를 깔고 자면서 엄마를 불러댄다.
〈으~ㅁ 마, 으~ㅁ 마!〉
분명 레오 입에서 나온 소리였다.

음마야!!

레오가 엄마를 부르네!

tv에서 엄마 부르는 강아지를 봤지만 레오가 꿈 속에서 엄마를?

하도 이상스러워 잠을 자지 못하고 레오를 지켜본다.

이걸 감동이라 해야 하나...

레오가 엄마를 부르다니...

헌데 이 신기한 걸 딸에게 얘기해도, 금순이에게 얘길 해도

당최 믿으려 하질 않으니 원...

"이 싸모님이 드디어 미쳤구먼... ㅎㅎ."

그런가...?

레오에게 미쳐서 내가 헛소리를 듣는 건가?

그 두 밤이 지난 후 아직 레오에게 〈으~ㅁ 아!〉 잠꼬대를

못들었으니 딱히 입증할 방법은 없지만

엄마 소리 듣고파 하는 내 바람이 은연 중 레오에게 텔레파시로

꽂혔는지 그건 모르겠다.

한 번 더 잠결에 놀랠지언정 으~ㅁ 마 소리 들었음 좋겠다.

아우~~ 심장 떨려!!

손가락에 대한 상념

누군가는 남자의 발뒤꿈치를 보며 섹시하다고 느낀다 했다.
혹은 복근을 보며... 혹은 표정을 보며...
내 관심은 〈섹시〉 하고는 상관없이(?)
그냥 정갈한 남자 손을 보면 눈길을 돌리지 못한다는 데 있다.

탤런트 소지섭의 손가락이 길고 끝이 갸름하다고 인터넷에
뜬 적이 있다.
정말 남자 손일까 싶을 정도로 우아한 손이었다.

그렇긴 해도 그런 우아한 손과는 좀 다르게
방금 비누칠 해 씻고 나온 듯한, 그러면서도 푸른 핏줄이 살짝
드러난 갸름한 손가락은
내 가슴을 두근거리게 만들곤 한다.
지하철이라든가 버스 손잡이에서 가끔 보이는 손들...

이런 느낌이 〈섹시〉라면
그래, 나는 남자의 섹시한 곳이 손가락이라고 감히 말할 수 있다.
우리 남편이나 나는 그럼 섹시함과는 담을 쌓아
유감이지만서도...

****

돌아가신 우리 시누이의 손가락은 정말 예뻤다.
몸은 통통하니 80kg 거구인데 반해
팔 다리는 가늘고 예뻤는데 그 중에도 손가락은 정말 예뻐서
반지 낀 손가락 하나는 어느 탤런트 얼굴보다 나았다.

그에 비하면 내 손가락은 짧고 끝이 동글동글해서 가녀린
손과는 거리가 멀었는데
그나마 오랜 기간 고무장갑 없이 맨손으로 세제와 싸우다
보니 〈단단하고 굵은 마디의 거친 손〉이 되어 버렸다.

엊그제 내 손을 보던 금순이가
"뭔 험한 일을 그렇게 했다고 마디가 이렇게 굵으냐"고
의아해했다.

새삼스레 다시 본 내 손가락
정말 거칠고 마디가 굵어져 있었다.
반지는 작아진지 오래라 낄 생각도 안 했지만 순간,
〈안 되겠다〉 싶은 생각이 먼저 들더라

그 다음 날부터 나는 삼십 년 이상 안 끼던 고무장갑을 끼고
설거지며 걸레를 빤다.
거친 손등이라도 조금은 만회해 보려고...

옛날...
아버지가 한 번은 손을 내밀어 보라며 내 손을 잡고 물끄러미
보시던 기억이 난다.
왜 그러셨을까?
결혼 전이었는데...
가끔 궁금해지는 아버지의 마음이다.
그래도 그때는 가늘고 밉지 않은 손가락이었다.

이제는 손가락조차 콤플렉스가 되어가고 있는 건가...
아무튼 나는 손가락 고운 사람이 참 부럽고 좋다.
특히 남자!!

치매

엄마가 내 자존심에 큰 구멍을 냈다.
이게 처음은 아니지만...
치매에 들어선 것도 머릿속으로 이해는 하지만...
엄마지만...

또 어쩔 수 없는 상처가 되어 가슴을 후벼판다.
오늘은 엄마 돌보기(?) 보이코트를 했다.

당신은 "오늘 오지 마라" 했지만 또 잊어버리고
'얘가 왜 안올까..' 할지도 모르겠다.
혹은 기억력이 남아 있어
'얘가 삐쳤나보다..' 할지도...

〈얘가 왜 안올까〉보다는 〈삐쳤나 보다〉가 더 자존심을 긁는다.

삶은 이렇게 저렇게 치열하기만 하다.
더불어 사는 내 삶의 모습도 끝없이 치열하고...

바램

새가 되고 싶어라.
어디든 날 수 있는 새가 되고 싶어라.

스무살이고 싶어라.
누구든 만나고 마음 붉어질 수 있는
스무살이고 싶어라.

바람이고 싶어라.
그대 눈 앞에 머물 수 있는
나는 실바람이고 싶어라.

시인이고 싶어라.
모른 척 내 맘을 내보이고 싶은,
진정 나는 시인이고 싶어라.

그리고 언제나 향기로운 커피향이고 싶어라.
그대 위해 모락모락 피어나는
그윽한 커피 향이고 싶어라.

아, 나는 그대 위한 바람이고 싶고
그대 그리움에 젖은 새이고 싶고
그대 향한 시인이고 싶고
그대 취하게 하고픈 커피향이고 싶다.
그리고 그대 만나고픈 스무살이었음 더욱 좋겠다.

돌아보니 나는 아무것도 아닌
그냥 쪼그라진 마누라일 뿐이더라.

성형

이마에 그을락 말락 가로선
보톡스 사알짝 안 될까?

눈 밑의 두춤하니 잡힌 지방살
어떻게 사알짝 찝어볼까?

동그랗다 못해 넙적해진 얼굴의 각진 곳
사알짝 어떻게 안 될까나

늙음의 첫 징조 목주름
안 보이게 사알짝 찝는 수는 없을까

자꾸 처지는 가슴, 어떻게 사알짝?

늘어지는 뱃살 사알짝 찝어
탱탱하게 어떻게 안 될까

종아리 알박힌 근육,
신경 살짝 찝어 늘씬하게 어떨까나...

늙어가는 여배우들이 눈에 띄게 달라져 나온다.
눈살 찌푸려지는 모습

그대로도 예쁜데
곱게 늙어 보기 좋구만서도...

흉을 보면서도 늙어 처지는 내 모습에
역시 유혹을 받는다.

미모의 여배우도 아니건만
그레타 가르보처럼 늙는 것 보여주기 싫어
40대에 은퇴하는 것도 아닐진대
누구에게도 이 늙음을 보이기 싫은 건 뭘까...

늙는 건 괜찮은데
옷 걸치는 게 불편해지고 몸이 말을 안들으니
나만 늙는 게 힘드는 건 아닐까 생각이 든다.

나도 그레타 가르보가 되어 볼까나...

나 못났나?

전에 살던 아파트 상가 반찬가게 아줌마가 지나다가
남편을 흘끗 보고 가더라.

다음 날인가 다시 날 봤을 때
"남편이예요?"
묻기에 그렇다 했더니만 대뜸
"아줌마 참 못났다" 그러네

참말로...
웬 뜬금없는 소린가 싶었는데
살도 찌지 않고 키만 멀쩡한 남자가
아마 근사해 보였던 게지

한 번도 남편이 잘생겼다 생각해 본 적이 없고
그저 키만 멀뚱하다 생각했는데
다른 사람 눈에는 다르게 보였나보다.
배는 올챙이 배인데...

그나저나... "아줌마 참 못났다"는 뭐야

한 번도 내가 못났다 생각해 본 적은 없는데...

그저 밉상없이 평범한 얼굴임에 만족하고 살았건마는...
황당한 기분이 오래갔다.

말 한 마디로 천냥 빚을 갚는다 했거늘
만냥 빚을 지는 사람이다.

반찬가게 음식 사주지 말아야지.

우울한 날 길고양이에게 주는 편지 한 조각

네게 마음이 없는 건 아니었는데
마음과 다르게 자꾸 널 밀치게 되는 건
아마도 네게 더 깊이 빠질까봐 조바심 내는
내 마음을 들키기 싫은 때문일 것이다.

이렇게 심장 한 귀퉁이 던져놓고 뒤돌아서는 느낌,
그 애달음을 어찌 네게 말할 수 있을까.

어제는 너를 두고 오면서
제자리에 멈춰 날 바라보는 네 눈빛에서 원망을 읽는다.

그래도... 그래도 어찌할꺼나
너를 마음에 두면 안 되는 것을...

이름 한 번 불러주지 못하는 내가
지금 비오는 하늘을 보며 네 이름을 생각해본다.

내게 마음을 주지 않았으면 좋겠다.
그저 눈 한 번 맞추고 잊고

또 한 번 맞추고 잊고...
우리 그만큼의 인연만 맺고 살자.

빗줄기가 굵어지고 바람도 세지고 있다.
길가 어드메서 헤매고 있는 건 아닐테지

오늘도 아마 너는 나를 기다리고 있을 것이다.

네 눈빛이 가슴 아프게 다가온다.
우리가 걷는 평생선이 행복의 길이기를...

사랑한다.
우리 길냥이 냥냥아.

가을

늘어졌던 사과나무 가지는 이제 팽팽해졌다.

가을을 따라 공기도 팽팽해진다.

가을의 쌀쌀한 공기가
당겨진 활시위처럼
내 마음도 팽팽한 긴장감으로 채워주길 기다리고 있다.

가을이 왔다.
반짝이던 초록이 빛을 바래가면서 쓸쓸함이 대신 거리를 채운다.

찬란했던 여름은 어디로 숨은 걸까.

쓸쓸하지 않으려 애를 써도 머리보다 가슴이 먼저
가을이 토해내는 숨사위를 느낀다.
어쩔 수 없는 감상일 것이다.

가을의 팽팽함이
여름의 찬란함을 이기고 섰는데

지나보면
가을 또한 가슴 아리게 찬란했을 것이고
우리는 또 다른 계절을 느끼고 있을 것이다.

세월은 이렇게 순간마다 가슴 미어지게 흐른다.

하늘을 볼 수 있는 마음의 이유

젊은 시절엔 하늘을 보고 살지 않았구나 싶은 생각이 들기도 한다.

언제부터인지
하늘은 볼 수 있다는 게 행복해지기 시작했다.

넓게 주변도 둘러보고
나무들 푸르러가며 단풍들고
낙엽지고
추위에 떨며 흔드는 나뭇가지 위로 살포시
눈송이 얹히는 것까지...

마음의 여유인지
나이의 연륜인지
주변 나무들을 보고 있는 내 자신이 행복하다고 느껴진다.

거기에
하늘을 보는 여유까지...

더구나

지금은 먼 곳에서 친구까지 와 있어 사방이
행복꽃으로 물들어있다.

이만하면 누구보다 행복한 사람 아닐까?^^

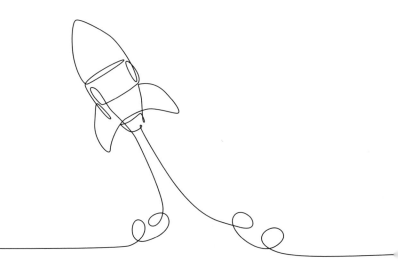

키사스

나는 몰랐어요.
그대 안에 내가 있다는 걸

늘상 마음 속으로 묻곤 했지요.
어떻게 지내요?
얼굴 좀 볼까요?
내 생각 좀 해요?라고...

노래 제목처럼 그대는 가만히 얘기합니다.

키사스...
키사스...
키사스...

아마도...
어쩌면...
그럴 수도...

마음을 접고 있으면서도

이맘때쯤이면 또 묻고
또 같은 대답을 듣습니다.

그래도 나는 알고 싶어요.
그대 속에 내가 있기는 한지..

내가 그대의 환상을 기억하고
그대의 푸근함과
그대의 안온함을 즐기고 있음을
알고는 있는지...

고양이의 촉감으로 나는 그대의 마음을 곁눈질 합니다.

내 속에 그대 있듯이
그대 속에 내가 있기를...

봄빛 아침

벚꽃잎은 나비처럼 날고
연두빛 잎은 반짝반짝 빛을 내며 피어난다.

시작과 저무는 인생을 동시에 보고 있다.

내 젊음의 반짝임을 그때 알았더라면 더 행복했을까.

이렇게 나이 들고 나서야
그 젊음이 부러워지다니.

'지금 아는 것을 그때 알았더라면'
이라는 말은 당치도 않다.

스무 살은 스무 살만큼만 이해하고
오십은 오십 살만큼만 이해한다.
부모의 마음을 이해하지 못하는 불효를 어쩔 수 없다고
변명하는 구차함.

자식에게 이해받기를 접는 이유이기도 하다.

나 또한 그러했으므로...

피어나는 잎은 자신의 반짝임을 몰지만
나비처럼 날아가는 벚꽃잎은 세상의 이치를 알았을지도...
나같은 철부지만 아니라면.^^

바람은 싱그럽고
햇빛은 따스하고

나비같은 벚꽃도
반짝이는 연두빛 잎도 다 상큼하게 느껴지는

좋은 아침이다.

쌀이 떨어졌다

오늘 저녁엔

만개하고 있는

이팝나무와

조팝나무 꽃잎 따다가 밥해 먹어야 할까보다.

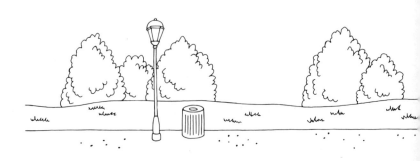

아직 설레임이 남았으면 좋겠다

학교 다닐 때는 같은 또래 교복의 남학생을 보면 부끄러웠고
조금 더 커서는 군인아저씨들을 보면 마음이 설렛다.
또 한때는 티비에서 보이는 국내외 연예인들을 꿈속에 보며
마음에도 꿈을 담았었다.

이제 이 나이에
누굴 봐도 마음이 흔들리질 않으니
외롭다.

엄마 육십이 넘으셨을 때 내가 느낀 엄마의 노화를,
지금 40대 젊은 층에게도 똑같이 나는
보호받아야 하거나
자리를 양보하거나
결단력이 부족해지는 그런 노인으로 보여지고 있을 것이다.

그런 시선에 자괴감을 느낀다.
그래서 더 외롭다.
나이듦에 적응 잘해가고 있다고 스스로 다독이지만

아닌 것이다.

나는 사랑을 느끼지 못 해 외롭고
노인의 시선으로 보여지는 내가 서럽고
낱말이 생각나지 않는 횟수가 늘어나는 자신에 황당해한다.

그냥 아무 생각없이 멍한 상태를 즐기고
옛 기억을 즐기고
효리를 보며 위로를 받을 뿐이다.

나이들어서...
그래서 나는 슬프다.

늙어가는 이치

TV를 보다가 잠드는 게 아니라
잠들기 위해 일부러 TV를 켜놓으셨던 어머니

대화 상대가 없어지면서
외로움을 달래 줄 사람은 TV 속 인물이었을까

코 골고 주무시면서 안 잔다고 굳이 고집하시던 어머니
이제야 그게 잠든 게 아니라는 걸 알아차린다.

어머니 아버지 나이가 되어가고 있는 지금
내 눈밑 살이 늘어져 그늘을 지우고
볼살이 늘어져 심술살로 엉겨붙었다.

척추가 좁아지고 무릎도 닳아
외할머니처럼 쬐만한 할매가 되어가고 있는 나는

이렇게 그 나이가 되어서야
엄마를 아버지를 시어머니를 몸으로 이해한다.

스물, 서른의 자식들이 어찌 제 어미를 이해하랴
서른은 서른만큼 쉰은 쉰만큼만 이해되는 것을...

이렇게 TV와 친구하며 코골며 잠들지 않는 나는
심술살 늘려가며 죄만한 할매로 거듭나고 있다.
늙어가는 이치다.

매미

매미는 7년을 땅속에서 기다렸다가
겨우 보름 살고는 생을 마감한단다.
그런 인내심이 부럽지 않은 건
세상의 때가 묻을 대로 묻었다는 증좌다.

7년 어둠 속에서 기다린 보람이
짝 찾느라 목 터지게 우는 것으로 끝맺는다니...
허무한 삶이 아닌가.

그냥 일 년 사시사철 기다림으로
심장을 달구고
또 일 년쯤 온몸 불살라
사랑하고 끝맺는 건 어떨까 생각이 들었다.

세분화된 신경없이, 생각없이
그냥 기다림을 즐기고 생을 불태우다가 가는 인생

하기사 미물도 생각이 있다는데
사람이 그렇게 살아갈 수는 없겠지만...

귀청 터지는 매미 울음소리와
날개 켜는 소리
그리고 힘 빠져가는 마지막 소리들이
문득 내 삶이라면 어땠을까
씨알도 안 먹히는 상상을 해봤다.
그런 불꽃같은 삶이라면
살아볼 만도 하겠다.
7년이 아닌
1년의 기다림과 1년의 생이 주어지는 매미의 삶이라면...

더위를 먹었나
생각조차 온열증으로 흐느적거린다.

아 덥다.
오늘은 유난히.

대청소

빨래를 했다.
옷 속의 얼룩들과
내 속에 묻은 얼룩들을 같이 빨아버리려고

청소도 했다.
집안의 먼지도
내 속의 욕심같은 먼지도 털어버리려고

설거지도 깨끗이 했다.
그릇에 붙어있는 찌꺼기
내 맘속에 붙어있는 찌꺼기들
박박 문질러 지우려고

열심히 일했지만
마음속의 얼룩, 먼지, 찌꺼기는
여전히 남아있음을 느낀다.

예순이 넘는 세월을 어떻게 살아온 것일까.

부재

우리 레오가 떠났을 때는
심장에 돌을 얹은 것처럼 무겁고
뻐근한 게 그것이 슬픔인 줄도 몰랐다.

내 메모들이 날아갔을 때
그때는 심장을 탈탈 털린 것처럼
휑한 것이 머릿속도 하얗게 비어 버리더라.

그런데 레오의 부재는 6개월이 넘도록
심장이 정신을 놓아버렸는데
메모의 부재는 한달쯤이면 잊을 것 같기도 하다.

둘 다 내 자신이었음에도
이렇게 무겁고 가볍다.

기억의 저편

버스에서 내리면 집으로 가는 작은 골목길
오른쪽 가장자리에 영화배우 문희네 집이 있었다.
아직 결혼 전이었는데,
그 집 문은 항상 조금씩 열려 있던 걸로 기억한다.
어느 날은 빼꼼히 열린 문 안으로
둥글게 촛불이 켜져 있는 게 보이기도 했다.
아마 그 날이 문희의 약혼식이었는지도 모르겠다.

그 길로 또 주욱 걸어가면 왼쪽으로는
배우 허장강네 집이 있었는데 어떤 아들이 창가에 앉아
기타를 치는 걸 보기도 했다.
지금 생각하면 막내아들인 허준호였지 싶다.

작은 네거리 골목에서 앞으로 몇 발자국 더 가면
우리 중학교 친구 오세령이네 집도 있었다.
세령이네 아버지는 국회의원인가 그랬는데
세령이네 집엘 갔더니 댓돌 위에 분홍색 예쁜 구두가
가지런히 놓여 있더랬다.
어찌나 예쁘고 탐나던지...

그 당시에 우리 모두는 아마도 검정 운동화가 다였을 거였다.

그 골목엔 그렇게 기억이 새록새록한 인물들이 살았다.

대학 3학년 때인가 체육대회 때
이어달리기를 하던 내가 넘어져
집으로 가도 좋다는 주임교수의 명이 떨어졌는데
나를 데려다 줘야 한다는 근사한 핑계로
체육대회에서 빠져나왔던 친구 영화와 지연이도
세령이네를 돌아 다른 골목에 살던 우리 집에 왔었다.
언덕배기 이층집 동네인 장위동에는
그렇게 잊혀지지 않는 기억들이 숨쉬고 있다.

또 하나,
그 먼 장위동 언덕까지 찾아봐
친구 영화를 만나게 해달라고 성냥개비 똑똑 부러뜨리던
고교 선배 최 모 씨도 내 기억의 한 단편으로 저장되어 있음을...

날이 흐렸다.
이 흐린 날씨도 가을이 오는 신호렸다!!

이십 년

시간이 약이라는 말이 맞긴 한가 보더라.
애증이라는 단어에 휩쓸려
마음고생을 너무 오래 했는데
이십 년 세월을 지나 내 옆에 앉은 남자는
무심히 그냥... 옆에 있는 사람이더라.

생각은 종이 한 장 차이라는 걸
알아내는 데 20년이 걸린 셈이다.

좀 더 일찍 알았으면 하는 후회도 없다.
그 세월을 거쳤어야 하는 종잇장 한 장이니까...

청량한 하늘이다.

생각을 뒤집는데 이십여 년 걸렸다는 게 허망하다.

인디언 섬머

"내가 몹쓸 병에 걸리면 먹으려고
약을 스무알쯤 준비해 놨었다고..."
우리 시어머니에게 들었던 기억이 있다.

치매가 온 후에야 그런 생각조차 못하는 것을,
우리 어머니도 행여 당신이 자식에게 짐이 될까
근심을 하셨던 것 같다.

IMF로 회사가 없어졌다는 걸 아신 어머니는
갑작스레 발음이 무뎌지고
움직임이 이상해지셨었다.
충격을 받은 건
시아버지가 사업 부도로 쓰러져 고생하다 돌아가신 기억이
아들에게도 닥쳤다는 위기의식 때문이었을 것이다.

결국 치매 증상으로 번지고 병원 침대에서 떨어져
고관절을 다친 후유증으로 6개월을 못 넘기셨다.

부스스한 커트 머리로 눈 감으실까

삐쩍 마른 어머니를 업고 미용실로 가서
굳이 파마를 해드리곤 했다.
곱게 가시게 하고 싶은 내 맘이었다.

키도 크신 노인네가 어찌나 가볍던지
아니면 젊은 내가 힘이 좋았든지
업을 수 있는 여건이 되어 다행이었다.

박완서 씨 얘기를 들으며
또 걸을 수 있을 때까지만 살았음 좋겠단 영은이 얘기를 들으며
나 또한 같은 소망임을 털어놓는다.
늙기는 늙었나보다.
자식에게 짐 될까 걱정이 되는 걸 보면...

그 팔팔하던 내 엄마가 거동이 힘들고
도움을 받으며 식사하시는 모습이 정말 안쓰럽다.
내가 싫어하는 그 부스스한 커트 머리도 그렇고
오래 앉아 있지를 못해 파마도 못 해드린다.
영락없는 노인환자다.

내가 해야 할 일이 분명해졌다.
좀 더 걷고
좀 더 웃고

좀 더 마음을 비우는 것
복 받은 마지막을 맞기 위해...
내 겨울이 오기 전 아직 따듯한 활기가 남아있는 지금이
나의 인디언 썸머인지도 모르겠다.

커피

커피 잔에 하트가 예쁘게 떴다.

한 모금에 하트를 다 들이마셨다.

혹시 내 마음에도

커다란 하트가 생길까 하며...

가슴 시리게 푸른 하늘이다.

사랑의 순서

사랑이란 게
사실 살다보면 별거 아닌데
젊은 한 때의 열정이란 걸
왜 그때는 알아채지 못했을까

젊은 탓에...
순수한 탓에...

사랑의 한계가 석 달이라나 넉 달이라나
그 정도면 정체는 다 드러나고 만다.
이제 사랑을 믿는 나이는 지났다.

그건 결국
연민-사랑이라는 착각-가족-정-의리로
이어지는 감정일테니...

사랑이는 바람은
나 혼자만의 소설 나부랭이일 뿐이다.
그런 경험에도 불구하고

이 나이에 사랑이 하고 싶어 죽겠는 건
내 마음을 같이 공유할 상대가 필요한 때문일 것이다.

내 맘속에 사랑이 이만~큼이나 있어
영화 속 주인공처럼 두근두근 심장떨림을
느끼고 싶은 때문일 것이다.

젊을 때는 사랑이라는 감정으로
평생 가슴 두근거릴 줄 알았다.
세상이? 아님 감정이?

나를 배신하더라.

배신하지 않는 사랑은 거의 없어 보인다.
그래서 슬프고 꿈조차 꾸지 못한다.

아~
그럼에도, 그럼에도,
감정의 무모한 소모임에도
나는 사랑에 빠지고 싶다.
나 혼자라도...

지랄!!

중복에...

문득 드는 생각 하나.
나는 부모가 되지 말았어야 하는 사람이 아닌가 하는...
측은지심은 그야말로 만땅인데
아이를 품어주는 푸근한 엄마는 되지 못했다는
자괴감이 나이 들수록 속상하게 한다.

외로움을 타지 않았다면
결혼이라는 테두리에 갇혀
멋모르고 부모가 되는 우를 범하지 않았을 것을...

한편으론 세상 사람들 모두 성격이 다른데
어찌 좋기만 한 부모가 있겠나 하는 합리화도 한다.
그렇게 살아가는 끈을 만들어내고 있다.

자식들은 다 커서
저희들도 이제 부모만큼 현명한 판단을 한다고
한편으론 늙어가는 부모의 위상을 실감나게 한다.

하기사 그맘때의 나도 그랬을진대
빠르게 변하는 세상의 아이들이야
더 말할 나위가 없겠지

오늘이 중복이란다.
초복도 그냥 저냥 보냈는데 중복이라고
뭐 다르게 있으랴

엄마는 요양원에서 여름을 잘(?) 나고 계시겠지만
자식들은 이 더위를 잘 이겨내고 있는지 모르겠다.
치사랑은 없어도 내리사랑은 있다고 했나...
불효한 자식이다.

무거운 수박이나 한 덩이 사다 먹어야겠다.

충격파의 고문

나는 내 자신을 과대평가하는 우를 범할 때가 있다.
특히 요즘 드라마 '미스터 션샤인'을 보면서
더 그런 생각이 든다.
화장실에서 문득.

전에는 내가 독립운동을 한다면
열일 재치고 나서서 용감히,
아무도 모르게 스파이처럼 잘해 낼 자신이 있다고 믿었다.

그런데 어깨에 석회가 생겨 몇 번
충격파를 시행한 적이 있었다.
죽을 만큼 힘들고
아, 이게 고문이라면 본격적인 전기 고문은 얼마나 끔찍하고
괴로울 것인가를 미루어 짐작할 수 있었다.

그러니,
전기 고문을 독하게 하며
"동지를 불어라" 하면
"네, 우리 옆집에는 지연이가 살고, 뒷집에는 영화가 살고

내를 건너면 바로 금주가 삽니다."
그리고 묻지도 않은
"영은이랑 아영이랑 경아언니도 거기 거기 살아요."
불어댈 것 같다.

그렇게 어깨 충격파 요법은 죽을 만큼 힘들었다.

혼자 생각에 잘난 듯 독립운동 잘할 것 같았는데
충격파 하나로 나 자신에 대한 과대포장은 막을 내렸다.

미스터 선샤인을 보며 슬며시 웃음이 났다.

"내가 참 별것도 아닌 것이..."

자신감도 없어지고 자꾸 쪼그라드는 나를 발견하는 것이다.
위인들은 정말 위대한 사람들 아니냐

드라마 하나가 다시 나 자신을 뒤돌아 보게 만든다.
화장실에 앉아 피식피식 헛웃음을 웃었다.

레오와 민들레

레오를 뿌린 언덕에 민들레와
남은 꽃씨들이 둥글게 모여 있더라.
차마 후후~~ 불어버리지 못하고 한참을 보다가 내려왔다.

어쩌다 가끔 레오를 떠올릴 때가 있다.
목이 막히는 게 울컥 하기도 한다.

죽음의 문턱을 넘는 게 너무 힘들어
8시간 사투를 지켜본 이 엄마는
기억에서 레오를 지워내질 못한다.

멀리 보내기 싫어 오가는 길 언덕에 뿌리듯 묻었다.
그 언덕배기에 민들레와 둥근 씨앗들이 퍼지고 있다.
가슴이 뻐근해지는 이유다.

조영남의 모란동백을 들으며 슬퍼지는 이유는
그가 본인의 장례식장에서 이 곡을 틀어주길 원했기
때문일 것이다.

실제로는 이제하 시인의 작사·작곡인데
조영남이 불러 유명해진 탓에
모란동백을 선택했으리라.

하여, 조영남의 목소리로 듣는
모란동백을 좋아하면서도 께름직하고 슬퍼진다.

이 아침에 문득 우리 레오와 모란동백이 생각났다.

이렇게 저렇게 얽힌 노래와 사람들이 있다.
지금은 그런 것조차도 즐겁게 받아들인다.

우리 레오와 민들레처럼...

나는 네 남자야

나이를 먹을수록 사랑이 뭔지 알 수가 없어진다.
TV에 나오는, 애닳거나 커다란 웃음이 사랑인 걸까...

젊을 때
"나는 네 남자야"
그 한마디에 인생을 걸었다.
이 남자 아니면 못 살 것 같지도 않았는데
그냥...
그냥...
살아도 될 것 같은 생각이 머릿속에서
뿌걱뿌걱 올라와 지워지질 않았다.

처음 느껴보는 감정이었다.

아마도 그건 결사반대를 하는 엄마에 대한
내 의지 때문에,
'내 선택이 그르지 않았다'는 걸 보여주겠다는
그런 무모한 오기에 더 가까웠을 거라고
지금은 생각이 든다.

나이 들어갈수록 나는 사랑에 대해 궁금해진다.
레오, 효리에 대한 마음만큼은 사랑이라 믿는다.
그런데 TV를 보며 음악을 들으며
자꾸 의아심이 드는 건 어쩔 수 없다.

사랑은 어떤 감정일까...

TV처럼
소설처럼
음악처럼
사랑이란 착각을 온 심장으로 겪었어야 하는데...

전생

전생이라는 게 있을까...

중국이나 다른 나라에서

전생을 기억해 내고 확인까지 되는

사람이 있다는 보도를 보면

전생이 있는 게 아닐까 싶은 때가 있긴 하다.

게다가

- 별에서 온 그대 -라든가

- 도깨비 - 같은 드라마를 본 후엔

나도 모르게 세뇌가 되기도 했다.

그리곤 바로

내가 전생에 무엇이었을까... 생각보다

다음에 무엇으로 태어날지가 궁금해지는 것이다.

레오를 잃고서

나는 오래오래 사는, 열매 열리지 않는

은행나무가 되고

레오는 내 곁에 머무는 바람이 되길 바랬었다.

이제 효리를 바라보며 또 다른 바람이

내 곁을 지키겠구나 생각도 든다.

하여 죽음이 두렵지 않았다.

그런데 생각이 바뀌기도 한다.

나는 길고양이가 아닌,

가정집의 조금은 무심해도 좋은 주인을 가진

집고양이었음 좋겠다.

우리 레오와 효리도 빼내서 같이 사이좋게 지내는...

도도하고, 매력있고, 자유롭고, 제멋대로이면서

생각도 있는...

나는 그렇게 환장하게 시크한

고양이로 태어나고 싶다.

전생이 있다면...

내 뜻에 따라 움직일 수 있는 다음 생이 있다면...

은행나무와 바람으로,

혹은 고양이와 사이좋게 강아지들로 조합을 이루고 싶다.

꿈이다.

이루어질 수 없는...

이루어질 수 있는 꿈만 꾸는 건 아니라고

이효리는 말했다.

분 용 이 의 3 ——

행 복

생각 하나

기쁨은 기뻐함으로 힐링이 되는데
슬픔을 슬퍼함으로 치유가 안되더라.

슬퍼도 기쁜 척
눈물이 나도 눈에 티가 들어간 척
아픈 마음을 웃음으로 감춰야 하는 것이더라.

사는 게 무슨 이유가 있을까.
아무런 이유도 없어...

그냥 삶을 이해하고
누군가를 이해하고
나를 이해시키는 과정일 뿐이지.

그게 가능해지면
삶은 행복한 것일 게야.

뜬금없이 이런 생각이 들었다.

쓰잘데기 없는 꿈

어쩌다 한 번쯤
완벽한 타인이고 싶을 때가 있다.

그리고 아무 일도 안 하고
아무 말도 안 하고
완벽하게 허물어진 상태이고 싶을 때도 있다.

심지어
눈도 안 뜨고 숨도 안 쉬면서...

이번 빗줄기는
미세먼지도 씻기고
봄 가뭄도 해소하고
개인적으로도 축축하지 않은
상쾌한 빗줄기였다.

이제 비는 점차 그쳐가고
하늘도 바람에 밀려
맑은 빛을 보이기 시작한다.

하지만 바람은 바람만으로 끝이 나고
나는 여전히 효리와 산책을 하고
찻집에 들른다.

밖으로 보이는 나뭇잎의 춤사위가 흥겹다.

이제 쓰잘데기 없는 꿈은
꾸지 말아야 하는데

내 심장엔
두근두근 붉은 심장이
하나 더 있는 게 아닌가 생각이 들었다.

공포

언젠가 꿈에
하늘 가득히 날 내려다보는
한 얼굴과 마주한 적이 있다.

하늘 어느 한 곳
틈도 없이 가득한 얼굴이었다.

그건 공포였다.
아직도 하늘의 트라우마에서
벗어나지 못하는 이유일 것이다.

그 탓인가...
나는 별빛 가득한 은하수 무슨 성단이든 무섭고
하늘을 움직이는 오로라도 무섭고
가끔 인터넷에 떠도는 기이한 구름들도 무섭다.

무지개만 웃게 한다.

내 무슨 잘못을 저질러
이렇게 하늘이 무서운 걸까.

쌍둥이

엊그제 아버지 제사에 갔더니
쌍둥이 언니가
집수리한다고 목이 삐끗했는지
고개를 움직이지도 못하더라.
다들 걱정하며 조심히 가라고
인사를 하고 헤어졌다.

그런데 이틀 후 쯤인가...
자리에 눕는데
목에서 두둑 소리가 몇 번 난 이후로
목에 힘도 못 주고
못 일어나고
옆으로 돌아눕지도 못하는 상황이 발생했다.

고원장네 가서 치료를 받으며
낫는 중이긴 하다...

가만히 생각해 보면 웃기는 일인 게다.

우리는 누군가 많이 아프면
상대방도 어딘가 문제가 생기거나
꿈속에서 이상을 감지하기도 한다.

일란성도 아니고
그냥 아주 다르게 생긴 자매라는 것만
얼핏 느껴질 뿐인데
텔레파시처럼 혹은 한 몸처럼
이렇게 같이 아플 때가 생긴다.

참 웃기는 유전자다.

현수

가슴 저 깊은 곳 어느 한켠에
네가 있나보다
보고 있어도 또 눈 맞추고 싶고
손잡고 웃고 싶은 걸 보면

언제나 힐링을 생각나게 하는
네 모습이 보기 좋다.

늘상 그리워하며
늘상 오랜만인 듯 반가워하며
나는 현수를 위해
마음 한켠을 비워 놓는다.

그건 네 자리다.

어느 할머니와 할아버지

어제는 일주일(?)에 한 번은 보곤 했던
노인 부부를 오랜만에 마주쳤다.
팔십은 되어보이는 부부인데
어딜 가시는지 아침 10시쯤이면
옷 색깔을 똑같이 (깔맞춤) 하시고
팔짱을 끼고 지나가신다.

어제는 흰색으로 맞추셨는데
할아버지는 흰 중절모에
흰 정장에 흰 구두로...
할머니는 흰 모자에
불란서 망사같은 옷감으로 층층이 겹을 낸 블라우스에
바지단 주름을 잡은,
젊은 사람도 소화하기 힘든 스타일로
할아버지 팔을 끼고 가신다.
물론 흰 구두에 흰 백을 드시고...

그런데
할아버지는 정정하시건만

할머니는 조금 굽은 등으로
힘겹게 할아버지에 발맞춰 걸으시느라 버거워 보여
안쓰럽기도 하고 코믹하기도 하고
그렇다는 데 있다.

대단한 용기가 아니면
누구도 못 할 옷맵시다.

이 노부부에겐 흰색뿐 아니라
노랑색, 주황색, 빨간색, 연두색 등등
화려하기 그지없는 스타일로 갖춰 입어서
모든 사람들의 눈길을 끌곤 한다.

저 노부부의 옷장이 궁금해지곤 하는 이유다.
또 금슬이 얼마나 좋으면
그렇게 깔맞춤으로 다니시는지...

어딜 가시는 걸까
노인들 다니는 콜라텍?
아니면 건강상의 댄스 교실?
한번 묻고 싶더라.

온몸이 아프다고 병원 순례를 하는

나 자신을 되돌아볼 지경에 이른다.

"이젠 거꾸로 삶을 되돌려 볼까..."
문득 생각이 들었다.
습관에서 의리로
의리에서 정으로
정에서 연민으로
거기까지만 해도 성공한 인생이지 싶다.

마음은 젊었다지만
내 마음도 열여섯은 아니고
사십 대의 젊음이 아닐까 생각한다.
어찌 살아야 할까...

인생의 마지막 화두다.

아버지

1.
내가 서른쯤 되었을 때
과천에 둥지를 틀었을 때
엄마가 우리 집엘 오셨다.

결혼을 하고
반대하던 엄마에 삐쳐
서너 달 눈콧빼기도 안 보이고
연을 끊을 듯이 고개를 돌리고 있었을 때
엄마가 그러셨다.

"냉정한 것 같으니라고...
그래, 너는 엄마가 궁금하지도 않디?"

그때는 그 마음을 헤아리지 못했다.
나는 남편과 행복했고
반대를 한 엄마는 안 봐도 좋다고 생각했었다.

"우리 딸이 제 어미를 닮아

냉정하고 차갑다.
물론 마음은 여리지만..."

그렇게 얘기하시던 엄마는
내가 멀리 이사를 하자
애들 데리고 움직이지 못 함을 아시고
가끔 딸을 찾아 당신이 직접 오시곤 했다.

그런데 그날은
뜬금없는 소리를 하시더라.

"얘, 느이 아버지가 바람이 났나보다.
산책을 나가시는데 두 시간이 넘게 걸린다."

물론 지나가는 소리였고
그래도 한 마디쯤은 짚고
넘어가고 싶으셨던 마음이었을 것이다.

"그럴 리가..."
아버지 성품에 일탈은 있을 리가 없지만
나도 내심 한구석 느낌표 하나
찍히긴 했다.

그렇게 시간은 흘렀고
그 한 마디가
늙어가는 엄마 가슴을 후벼 파고
썩어 문드러지게 할 줄은 아무도 예상을 못했다.

우리 가족 모두
당사자인 아버지조차...

그렇게 우리 가족 모두의
인생 2막은 시작되었다.

삼십 년도 더 넘은
호랑이 담배 필 적의 옛날이야기가 되었다.

2.
병실에 있어야 할 남편이 보이지 않았다.
"이 양반이 어딜 갔지?"
엄마는 여기저기 둘러보기 시작했다.
"잘 움직이지도 못하면서 어딜 간 거야?"

그런제 저기 저 병원 한구석
의자에 앉은 남자의 뒷모습이 낯익었다.
낯선 여자와 함께 있는...

아버지는 낯선 여자에게
봉투를 건네고 있었고
그건 엄마를 통해 생긴 돈 백만 원이었다.
여자에게 주는 아버지의 생활비였을 것이다.

하필 그 순간에 딱 걸린 아버지는
바로 병원에서 퇴원하셔야 했고
그 낯선 여자는
우리 식구들 레이더망에 포착돼
나름 모진 수모를 겪는 단초를
스스로 제공하게 되었다.

3.
아버지의 여자

그 여자에게 전화를 돌리며
나도 모르게 심호흡을 크게 하는
자신을 느낀다.

일이 터진 게 언제적이었던가...
우리 아이 초등학교 때 일이니까.

알고 있으면서도 모르는 척 묻는다.

"거기 홍○○ 씨 집입니까?"

"네 그런데요."

"나 효진 엄마예요.

기억해요?"

"그럼요."

"나 좀 만났음 좋겠는데...

할 말도 좀 있고..."

쉽게 응낙하는 그 여자와

약속을 잡고 수화기를 놓는다.

****

알 수가 없는 것은

우리집을 풍비박산낸 그 여자를

첫 대면하는 자리에서도

나는 그 여자가 밉다거나 곱다거나 하는 식의

개인감정이 거의 없었다는 사실이다.

당연한 귀결이는 했으나

모진 수모를 당하는 그 여자를 보면서도

내가 한 말은 겨우

"왜 이런 짓을 해요"가 고작이었다.

세상을 다 산 것 같은 엄마와

다른 형제들에게 그런 내 태도는
오랫동안 미움의 대상이었을 것이다.
특히 엄마에게는...

참으로 힘든 세월,

그렇게 8년을 버티시던 아버지가
암으로 6개월 시한을 남겨놓고도
집으로 못 오신 것은
그적지 남은 서로의 자존심 때문이었을 것이다.

더 솔직히 말하면
아버지를 혼자만 만나오던 내가
뒷수습을 명확히 못한 탓이었다고
지금껏 자책을 하곤 한다.

맘고생 하시던 아버지와 엄마가
화해를 하시고 마주 본 것은
불과 한두 달여 남은,
생의 마지막 시간을 앞두고였다.

"왜 이제 왔어..."
힘없이 말씀하시던 아버지 앞에

"내가 잘못했어요"라며
엄마는 오열을 했다.

아버지에의 미움과 희한, 울분...
그 모든 것이 엄마에게는
다른 쪽의 사랑이었음을 우리는 알고 있었다.

그렇게 화해를 한 엄마와
삶에 대한 집착이 강하셨던 아버지가
끝내 이별을 하고
온전히 엄마의 남자로 남겨졌을 때
나는 다른 편에 서 있었던 한 여자를 느꼈다.
물론 아무런 감정도 없이.

분당에서 만나기로 한 그 여자와
시선이 부딪혔을 때
먼저 알아본 것은 그 여자 쪽이었다.

"오랜만이예요."

한 눈에도 내가 쉽게 알아보지 못하게
달라진 그 여자의 분위기는
우리가 그렇게 내뱉던 '떼놈' 같은

인상과는 확연히 달라져 있었다.

남겨진 유산으로 편하게 사는 그 여자를
마주한 내가 당황한 것은 아주 유치하지만
어쩔 수 없는 인간의 본성 아니었을까 싶다.

힘들게 살던 여자가
내 아버지 덕에 이렇게 골프치며
여유작작하는 게 정말 내 심뽀를
고약하게 만들고 있더라.

'그래도 한때는 아버지가 맘을 준 여자였어'

할말을 마치고 돌아서 나오는데
그 여자가 말을 했다.

"아마도 아버지 일로 얽히지 않고
우리가 만났으면
아마도...
우리는 참 잘 지냈을 것 같다"고...

유일하게 적의를 느끼지 않는다는 내게 대한
그 여자의 호의일 것이었다.

아버지가 가시고 6년이 지난 후에 만난
그 여자는 그렇게 아주 멀어졌다.

다시 만날 일이 없어야 할텐데...

엄마가 돌아가시면
산소 문제로 어떻게든 그 여자를
수소문하게 될 일이 걱정으로 남아있다.

소쩍새 우는 사연

1.
교복만 입고 다닐 때
당연히 외출복도 교복이었다.

사복이라는 걸 모르고 살았을 때
엄마는 늘 동네에 다니는
구루마에서 오백 원짜리
나일론 티를 몇 개씩 사오곤 했다.
그것도 요상하고 칙칙한 무늬로...

너무 싫고 입지 않으려 해도
집안에서는 입고 다닐 수밖에 없었다.
물론 동네에서도.

그렇게 우리 엄마는 알뜰했다.

내가 초등학교에 들어가기 전까지
십여 년을 엄마는 많은 고생을 했다고
늙어가면서 내내 읊어대곤 하셨다.

우리 쌍둥이를 낳고
오진으로 폐결핵 진단을 받아
서로 떨어져 키워질 적에
나는 엄마가, 쌍둥이 언니는 친척집에
맡겨져 키웠다고 했다.

그리고 오진이 확인되고
집으로 돌아오면서 할머니의 도움을 받았을 것이다.

엄마는 보따리를 머리에 이고
시장에 나가 팔고 다닌 적도 있다 했다.
뭔지는 기억이 안 나지만,

구십 원이 있으면 기어이
십 원을 보태 백원을 만드는 게 좋았다 했다.
내가 어른이 될 때까지도
엄마는 우리 앞에서 돈 세는 걸 보여주지 않았다.
마음에 욕심이 들고
헤픈 아이가 될까봐 걱정을 하셨던 게다.

그런 무의식이 우리 자매들을
알뜰하게 만들었다고 생각한다.
나는 조금 별개이고...

중고등학교 시절도 그 오백 원짜리
옷에 속으로 짜증이 많이 났었다.
옷이 날개라는 말이 있는데...

2.
얘기가 옆으로 새고 있지만,
마른 체형의 남편이 배가 안 나왔을 때는
덜 신경쓰고 옷을 샀지만
만삭인 지금은 아무리 옷으로 커버를 하려해도 힘들어졌다.
옷태가 나질 않으니
그 덕분인지 남편은 이런저런 옷을 입는 호사(?)를 누린다.

이건 순전히
엄마의 오백 원짜리 옷에 대한
내 평생의 트라우마가 아닐까 생각을 한다.

그렇게 알뜰했던 엄마의 돈을
남편은 사무실을 열어 일하면서
주식에 투자하지 않겠다고 약속을 했건만
지인에 속아 두 번 주식을 했다.

한 번은 대박이 났는데
'딱 한 번만 더 하자' 생각한 순간

지인의 말에 넘어가 망하고 말았다.

다른 사람 투자금은 우리 돈으로 해결했지만
믿는 구석이었던 장모라서일까...
엄마 돈은 태반이 날아갔다.

알뜰살뜰한 엄마였다.
평상시엔 내색없이 속으로 삭였겠지만
파킨슨병 치매가 오면서
엄마는 밤새 사위 욕을 하며 날밤을
새우곤 하셨단다.

결혼 때의 미움까지 남아
엄마의 미움은 도를 넘어 극으로 치달았다.
그럴 수밖에...
엄마에게 어떤 돈인데...

덕분에 요양원에 가 계신 장모를
보러 가지도 못하는 사위가 되었다.
엄마를 자극할까봐...

아마도
엄마가 세상에 계시는 동안은

장모 얼굴을 못 보고 보내드릴 공산이 크다.

내 소쩍새 우는 두 번째 사연이 되어버렸다.

3.
남편과 엄마는 아마
전생에 큰 상처를 주고 받았지 않았나
생각이 들기도 한다.

오백 원짜리 티셔츠 얘기가 너무 샛길로 빠졌다.

우리 엄마...
그래도 나를 걱정없이 키워 주시고
기죽지 않게 해주시고
반대하던 결혼,
뒷바라지 완벽하게 해 주신
우리 엄마

사랑합니다.

숨쉬는 순간순간 평안한 마음으로 계시길 바래본다.
세상을 뜨시기 전엔 사위도 용서해 주시길 소원해보고.

팔자야 팔자!

매 순간 갑작스레 생각이 들곤 한다.
"팔자야, 팔자..."
그것 말고는
어느 것도 수긍이 가지 않는 내 인생살이다.

비가 온다.
남녘엔 물벼락이 쏟아지나 보던데
빗줄기가 살짝 수그러든 서울의 나는
효리 데리고 배변을 나왔다.
성공적인 배변을 마치고 찻집에 앉았다.
늦잠 때문에 느즈막히 나왔으니
빨리 들어가야 남편 점심을 차릴 것이다.

오늘같은 날은
그냥 비구경하며 사람없는 횡단보도를
구경하는 것도 괜찮다.
팔자 생각이 나서 그렇지.

날씨 탓일 게야.
우울해지는 게...

로또

그게 꿈엔 어느 흙구덩이 안쪽에서
수표 뭉치랑 현금 뭉치, 그리고
주변에 흩어져 있는 많은 동전들을
줍느라 버거웠다.
너무 많은 수표 뭉치와 현금 뭉치였다.

살짝 욕심이 났다.
산길 어느 한구석 흙덩이 속이었지만
겉으로 드러난 돈이 엄청났다.
"수표는 가져가야 소용도 없을텐데..."
그래도 힘겹게 챙겨 일어섰다.
꿈이었지만 기분이 나쁘지 않았다.

그리곤 로또를 샀다.
혹시나...
기대 심리도 있었다.
웬걸, 개똥같은 꿈이었나보다.

엊저녁 꿈엔 화장실엘 갔는데

재래식 화장실 구멍에 흰종이로
가득 덮여 있어 도무지
소변을 볼 수가 없었다.
종이를 치우고 볼일 볼 생각은 안 들었다.

밖에서 볼일 급한 아이가 있어
비켜주고 나오는데
이 아이가 온몸으로 기어서 화장실로 가더라.
'어쩌지? 왜 그러지?'
궁금증과 위험성을 감지하고 긴장하는데
순간 종이가 찢어지며
"풍덩" 소리와 함께
아이가 똥통에 빠져 버렸다.
'아이를 구해야 하는데...
냄새에 질식하거나 죽을 수도 있는데...'

바깥 건물들로 돌아다니며 울부짖었다.
"살려줘요~~!!
아이가 똥통에 빠졌어요~~!!"
어느 누구도 아는 척을 안 하고
나는 소리질러 울며 살려달라 외친다.
잠에서 깼다
깨고 나서도 목이 잠긴 듯 슬펐다.

밤벌레

밤을 삶아 그릇에 담아놓고 매일 10개씩 찻숟가락으로 파먹는다.
같이 먹을 사람이 없으니 다 내 차지다.

이제 그것도 귀찮아 입으로 반토막 내고 게살 발라먹듯
입으로 씹어 속살을 먹는다.
밤이 실하고 맛있다.
영양 만점이고...
오죽하면 통통한 것들을 밤벌레 같다고 비유를 할까...

지난 겨울엔 두어 달씩이나 입맛이 없어 고생했는데
요즘은 없어 못먹을 지경으로 정상이 되었다.
밤을 씹어 먹으며 문득 생각이 든다.

'아, 내가 밤벌레가 되어 가고 있구나.'

달 좀 따다 주소

맑은 달빛을 밟으며 효리랑 저녁 산책을 했다우

채 보름달이 되지 않은 달빛이지만
맑고 밝습디다.

그런 달빛을 보면 가슴이 뛸 것 같은 거... 감이 잡히시우?

누구 힘있는 사람...
나 저 달 좀 따다 주소.

엄마의 크리스마스 카드

떨려서 숟가락도 못 드시는 엄마가
요양원에서 크리스마스 카드를 만드셨더라

얼마나 정성을 들여 썼는지 열어 보는 순간 목이 꽉 메었다.

다섯 살 손주나
여든일곱 엄마나
유치원에서
요양원에서
배우는 일이 같다.

다정하지도 못한 딸이
오늘은 다리만 주물러 드리다 왔다.
아무데도 아픈 데 없다셨는데
"아, 다리가 시원하네."
한 마디 하셨다.
무슨 큰 잘못을 저지른 양 어쩔 줄 모르겠더라.
나는 참 못된 딸이다.

카드를 보며
엄마의 떨리는 손가락이 눈에 밟혀 내내 가슴이 찡했다.

순간의 선택

외출을 금지당하면서까지 심한 반대를 무릅쓰고 결혼을 강행했다.

"결혼보다는 연애하기 좋은 남자야."

엄마는 내 맘이 쉽게 돌아설 줄 알았겠지.

누워 있다가
그 남자 만나지 말라는 소리에 그냥 눈물이 주르르 흘렀다.
이유는 나도 모르겠다.

나중에 생각해 보면, 순간적으로
내 선택에 대한 오류를 인정하기 싫었던지
아니면
연애 쪽일지언정...
아니다!!
그냥 내 고집을 꺾기 싫은 탓이었을 게다.
내 눈이 그렇게 삐뚤지 않다는 오기가 나도 모르게 있었을 것이다.

그랬던 내 순간의 선택은
17년만 행복했다.
나머지 날들은 엄마가 옳았다.

집으로 가는 길

하늘에 낮달이

하얗게 떴다.

달도 나를 닮아 길을 잘 못 찾고 있는 것인가...

오늘은 친구 만나러 외출하는 날.

달을 재촉해

집으로 돌아가야겠다.

달은 서쪽으로

나는 동쪽으로

텔레파시

차 한 잔
같이 하실래요?

못 하실까봐...
섭섭해 하실까봐...
커피 향으로
마음 담아 보냅니다.

텔레파시가 통하기를...

한다름

그대 앞에 나는 한 송이 꽃이고 싶어라.

바람도 없고
공기는 늘어지는데
고개 들어 오롯이 그대 기다리는 나는

그대의 깊은 마음 속에 보일 듯 말 듯
한 송이 꽃으로 있었음 좋겠다.

한 여름 찌는 더위면 어떻고
머리 속 송글송글 땀이 맺히면 어떠랴

그대 기다리는 송글송글 땀이 전해져 나를 어여삐 여겨준다면,
그 마음 하나로
나는 되었다.

행복이 전해졌으므로.

화내지 마

엊저녁엔 땅을 울리는 큰 소리가 들리고
번쩍번쩍
소리없는 분노가 눈에 보였다.
무서웠다.

그렇게 화내지 마~

우체통에 넣는 편지

하늘 속에
내 마음이 있어
그대에게 안부를 전할 수 있었음 좋겠다.

궁금한 내 소식
궁금한 그대 소식
하늘만 보고 서로 알아졌음 얼마나 좋을까

하늘에 우체통 하나 있어
매일 하늘 보며 편지 부쳤음 좋겠다.

그대 잘 있는교
나는 잘 있니려

이 말보다 더 절절한 인사가 어디 있으랴

하늘에 대고
삐친 마음도 속달로 보내본다.

백완승 저 세상으로~

영애야...
영애야...
괜찮니?
요새 동요에 이런 가사가 있더라.

아무데나 피어도
생긴대로 피어도
이름없이 피어도
모두 다 꽃이야

그래도 우리 모두에게
이름 석자 남기고 떠난 완승이

효리 데리고 배변나온 내 눈앞에
고양이 간식 주는 바로 앞에
보라색 예쁜 꽃들이 이만~큼 피어있더라.
문득 완승이 생각이 났다.

완승이가 이런 예쁜 꽃으로 피어나겠구나...

네 글을 읽는데
이게 눈물인지, 찬 바람에 떨어지는 물인지
모르겠더라.

너도 괜찮아야 해
가슴의 무거운 돌덩이가
제주도 가벼운 돌멩이로 바뀔 때까지
많이 아프겠지만
이겨낼 네 마음을 응원한다.
꽃으로 피어날 완승이도...

봄

바람은 고양이 솜털처럼 부드럽고
햇빛은 그대 목소리처럼 따뜻하다.

봄이 오는 소리...
마음도 느긋이 가라앉아 스치는 공기만으로도 힐링이 된다.

어릴 적엔 빨리 어른이 되고 싶었다.
시험에 얽매이는 게 너무 싫어서...

하지만
지금 생각해보면
어른들이 말하듯
공부가 제일 쉬운 일이 아니던가
내가 어른이 된 탓이다.

어느 세월에 내가 어른이 되고 노인이 되어가고 있을까
내가 바란 것은 이런 노인의 어른이 아니었는데 말이다.

나는 항상 그대의 마음을 얻고자 하는, 그저

젊은 마음의 어른이길 바랐는데
세월은 속절없이
기만하며 폭풍우처럼 날 때리고 지나갔다.

하지만
여전히
이 나이에도
나는 그대가 그립고
그대의 눈빛이 보고프니
어찌할거나...

봄이 오고 있다.

묻고 싶은 말

내가 그대를 좋아해도 되나요.

오늘처럼 하늘 푸른 날
누군가와 마주 앉아 차 한 잔 정답게 하고 싶은 날

무심히 스쳐 지나는 그대를 부르고...

나는 그냥 찻잔 위의 하트를 보며 혼자 묻습니다.

내가 그대를 좋아해도 되나요.

술

술을 많이 하지도 않으셨지만
드신 날은 집에 도착하자마자
마루에 대자로 뻗으시고
글귀 그대로
양말 벗기고
바지 벗기고
꿀물 타고...
그런 아버지 모습이 너무 싫었는데

내가 벌 받느라
술꾼 남편을 맞았다.
원수가 아니라
"웬수"같은 남편.

그 남편이 오늘 방사선 치료를 받으러 간다.

인생이란.....!!

커피가 별거냐

커피 얘기가 나와서 하는 말이지만...

사실 나는 커피 맛을 모른다.
그저 커피 향이 그윽하고
찻집 커피 한 잔의 자유로움에 기댈 뿐이다.

대학 들어와 처음 마시는 커피에
나는 늘상 설탕 서너 스푼을 넣고 달콤하니 휘저어 마셨다.
친구들의 놀림을 받으며...

그 세월들이 지나
지금은 남들의 반도 안 되는 원두의 숭늉같은 커피를
선호하게 되었다.
설탕은 귀이개 한 숟갈의 양도 거부하면서.

우리 딸은 커피가 떫은 맛을 내며 맛있다고 가져다 주었지만
나는 떫은 커피 맛이 왜 맛있는지 모른다.
그냥 딸내미의 성의가 고마울 뿐.
남편은 인스턴트가 없을 때 그 커피를 마신다.

맛있다고 말은 없지만 잘 마신다.
성의가 담긴 커피니 하늘만큼 맛있어야 할 것이다.

매일 효리와 마시는 커피.
그것도 별거 아니다.
산책하며 턴하는 지점에서 그냥 집으로 돌아가기엔 마음이
좀 허전해 핑계낌에 찻집을 들렀다가는 것일 뿐,
"숭늉같은 아메리카노 부탁해요"
찻집 젊은 사장은 이제 말하지 않아도 내 취향도 알고 효리도
이뻐하고~
정말 핑계거리가 많은 아침 커피 한 잔이다.

그러니 커피 맛을 아느니 모르느니
하는 말이 내겐 해당되지 않는다.

좋게 말하면
낭만이요.
나쁘게 말하면
매일 아침 돈이 썩어 빠져 비싼 커피 한 잔에 목매는 상황인 게다.
나는 그걸 효리와의 산책이 주는 최대한의 힐링으로 포장한다.
요즈음 편의점에 앉아 마시는 믹스 커피도 나름대로 맛있더라.
커피의 참맛을 모르면 어떠랴

나는 맛도 잘 모르고 그저 커피 향에 취해
떠드는, 나름의 힐링이 되고 있는
이 상황이 감사할 뿐이다.

하니,
내가 맛있는 커피 한 잔 사달라 해도
그저 숭늉같은 아메리카노 한잔이면 행복한 효리 엄마라는 것만
알아주면 된다.

커피를 사랑해서 눈밭을 헤치며 마시러 갈 만큼
커피 애호가는 아니라 커피 마니아에게 미안해진다.

내가 다 알아

뒤통수 후려치는
때 늦은 날선 바람
두터운 겨울옷도
숨죽여 들썩였다.

혹시나 겨울 추위
목덜미에 머물까
꽃스카프 목에 둘러
봄빛 소식 쟁여놓고

남몰래 들으라고
바람에게 하는 말
"바람아 내가 다 알아
겨울인 척하지마."

아깽이 대란

좋은 아침.
남편이랑 효리 데리고 똥책을 가는데...
길 가 어디서
"애옹~"
아기 고양이 소리가 들려 찾아봤더니
누군가 갓 낳은 애기 고양이 두 마리를 버렸더라
두 마리는 서로 껴안고 햇볕 밑에서 애옹거리는데...
효리는 배변도 안 했는데.
나는 발길을 돌려 땅바닥의 애기들을 죽게 할 수는 없고,
남편은 그런 내가 마땅치 않고...

마냥 기다리는 남편의 짜증난 얼굴을 보며
휴지로 무작정 두 마리를 한 손바닥에 담아서 병원으로 갔다.

한 달도 채 안 된, 겨우 눈만 뜬 아깽이를 버린 것이었다.

어쩌려고.
나도 대책이 없는데...
갈 데도 없고

구청에 연락하면 무조건 안락사라는데...
하루는 봐줄 수 있다는 병원의 얘기지만

내일이면 내가 대책이 서는 것도 아니라
다시 제자리에 갖다 두는 게 어떻겠냐는 선생님의 말에
깊은 박스만 구해다 놨다.

밤에 제자리에 두란다.
밤에?
낮에 두면 오해 받을까봐?
밤에 두면 그냥 죽을텐데?

환장하겠다.
너무 화가 나서 매직펜으로 종이에 고양이 버린 사람 야단을
쳐서 나무에 둘둘 말아놓고 왔다.

수가 없으면
내일이나 모레엔 박스에 담겨 다시 나무 밑으로 가야한다.

나는 대책이 정말 없는데~~~~!!
미치겠다.
환장하겠다.
어떤 X일까...

봄이 오는 건가

하늘은 회색이고
빗방울은 솜털처럼 날렸다.

비개인 남한산성 위로 짙은 회색의 하늘이 자리를 잡았는데
골골이 피어 오르는 물안개가 그림같더라.

비 뿌린 하늘탓인가
기온이 좀 내려가 쌀쌀한 기운이 느껴진다.
겉옷을 걸쳐 입길 잘했다.

바람이 다시 불어 가지를 흔들고
차 한 잔에 녹은 내 마음은 바람에 흔들리지 않으려
고개를 세운다.

문득 짙은 녹색으로 변해가는 나무들의 자태가
홀린 듯 눈에 들어왔다.
초록이 주는 힐링이 얼마나 고마운지.

집으로 돌아가는 길.

나무 위 어디선가 비둘기가 "우웅~~우웅~" 운다.
턱에 뾰루지가 나서 신경쓰고 있는 걸 눈치챘나...

"얘야, 난 괜찮다."

산책, 서늘한 날의 산뜻함도 있었다.

나-

나이 들어가면서 내 화두는
"나는 누구인가"에
집중되어 있다.

대학에 들어온 효과가 무엇일까 생각했는데
당시엔 "이해하기"가 제일 큰 소득이라 결론이 났었다.

아마 요즘처럼 개인의 능력이 "절대선"인 세상이었다면 달랐겠지만
당시 세상이 돌아가던 그때 내 입장에서는
철저한 학점과 취업은 필수불가결 요소는 아니었다.

그게 참 안타깝고 후회스런 기억으로 지금까지고
두고두고 스스로를 다그치게 만드는 오점이 되고 있다.

열심히 공부에 매달려 살지도 못 하면서
열심히 이해하는 삶의 방식이 옳다고 우겨댔지만
그게 정말 제일 옳았을까...

그렇게 나이를 먹어가면서

내가 어떤 사람인지 나도 모르고 있더라.

지금에야
"나"를 많이 파악하고 있지만
나 하나만의 삶이 아닌 상대와의
관계는 그게 남편이 되었든
자식이 되었든
친구가 되었든

자꾸 오류가 나고
이 나이에도 갈등의 소지를 남긴다는 데 문제가 생긴다.
내가 이해를 잘 하는 게 아니라
잘하는 척할 뿐이지
사실은 누구도 편하게 이해하지 못했고
상대도 나를 이해하기엔 끄트머리에 벽을 치고 살아 온
인생이었다는 생각이 드는 것이다.

위축되어지는 생각들...
합리화가 아니었더라면 나는 살아내지 못했을 거라는
스스로의 위로만 널브러져 있다.

하지만
어쩌겠나

이런 나를 이해하려면
마음 한켠을 접고 살든지 해야 할테고
나 역시도 가만히 마음을 접어야 할 일인 것을...

인생이 별거 아니라고?
아니더라
별거 아닌 게 아니라
너무 큰 별거더라.

인생을 얘기할라치면 자꾸 내 자신이 싫어질 때가 있다.
육십 다섯을 넘긴 이 시점까지도...

내내 모르다가 죽을 화두.
"나는 누구인가..."

궁금해 죽겠다.

예쁜 것

초여름 시원한 바람에 나뭇잎이 반짝거리며 춤을 추더라.
부엌에서 보이는 나무 한 그루에서만 빛이 났다.
내 눈에 띄려고.
나와 마음이 닿으려고 하는 몸짓일까...

"얘야, 알아~
나도 네 눈에 띄고 싶어"

저녁엔 맑고 밝은 초승달이 떴다.
매력적이다.
어제의 달이 더 마음을 끌었지만
오늘 초승달도 못지 않게 이쁘다.

이 예쁘고
매력적인 달에 사람이 안주해야 한다는 현실이 가슴 아프다.

우리 효리도 어제 오늘 다 예쁘다.
내일도 모레도 예쁠 것이다.
팔불출 엄마인 것이 부끄럽지 않다.
내 마음에 빛나는 건 효리 하나뿐인 것을...

소확행

짙은 초록의 향이 코를 찔렀다.
아마 풀을 베는지
나뭇가지 정리를 하는지 그런 거겠지.
아침부터 코가 호강을 했다.

봄에 한바탕 아프고 나서일까...
그렇지 않아도 바깥 출입을 별로 안 하는 집순이인데
심심한 느낌이 와도
나가고 싶은 생각이 들어도
꼭 나갈 일이 아니면 움직이기 싫은 느낌이 더 커지니
사실 내 자신이 걱정되긴 한다.

어느 순간인가
또 생각 불현듯 바뀌어
마실에 꽂힐 날이 있기를 그냥 기다리고 있다.

여름에 접어들면서
내가 좋아하는 달개비, 조그마하고 파란 꽃이 여기저기 피어
눈호강도 시켜준다.

꽃과 풀 향이 코를, 눈을 행복에 빠지게 하니 오늘 아침은
산산한 바람처럼 가벼운 마음이 된다.

이런 소소한 행복과 함께하는 커피 한 잔과 무심히 바라보는
횡단보도 전경이 그냥 가슴 저리게 좋다.

그래도 아직은
'행복해~'
느낌은 안 온다.
조금 더 마음을 내려놓으면 느낄 수 있을까...

무심한 바람과
나뭇가지... 행인들...
옆 가게에서 울리는 트로트...

행복해질 준비는 마쳤다.^^

내가 없으면 세상이 없더라

회색빛 하늘로 시작되는 새벽.
해가 보이지 않는다.
초복이라 이제 한참 더울 때인데
늦게 선풍기를 꺼내고
이제야 에어컨을 트는 건
하늘 저 높은 곳에서 바람이 불어 습한 느낌이 덜한 때문일 것이다.

남쪽엔 장맛비가 세차게 내린다는데 서울은 밤에만 비가 내려
장마를 실감치 못하고 있다.

이렇게 입방정 떨면 안 되는데

어느 날,
우울이 비처럼 내리던 날.
축 늘어진 심장 부여안고 똬리틀어 누웠던 날.
그때는 몰랐었다.
"내가 없으면 세상이 없다는 것"을

내가 있고 없고는 문제가 아닌데

마누라 없이는 아무 것도 못하는 남편과
내 하나의 사랑 효리를 두고 세상이 없어진다는 것은
상상조차 하면 안 되는 것이었다.

이제 남들만큼만 우울을 가지고 산다는 게 흐뭇해진 날들.

회색빛 하늘조차 효리와의 똥책에 안성맞춤인 생각으로 변하고
나는 나날이 이뻐지는 효리로 행복을 느낀다.

이만하면 잘 살아가고 있는 거 아닐까?

회색빛 하늘을 두고 말이 많아졌다.

그대 눈빛

늘어진 햇빛 사이로
반짝이는 그대 눈빛이 보여

혹시나
내맘을 들켰나
심장이 쿵 내려앉는데

나뭇잎에 가려진 그대 웃음에
나는 그냥 허물어진다.

그 웃음에
내 마음이 녹아버렸는지도

지친 햇빛과
지친 고양이와
지친 풀잎들

나는 그대 선한 눈빛으로 시원하게 있을라요.

조카

결혼 후 얼마나 시간이 지났을까
동생뻘 되는 조카들이 집에 왔었다.
다 180이 넘는 사내 조카들이라 금세 집안이 가득찬 느낌이었다.

그중 막내가
밥상을 들고 오는 삼촌을 보고는 기겁을 하더라.
"삼촌이 밥상도 들어요?"
참 기괴한 소음을 냈었고
숙모인 나는 의아해했는데 아직도 그 말이 기억에 남는 걸 보면
조카들 입장에서 삼촌은 군림하는 가장이었나 싶었다.

그 조카가 어느 날 내게 물었다.
"숙모는 왜 우리 삼촌같은 사람이랑 결혼하셨어요?"
그 의미를 이십 년이 넘도록 이해를 못했었다.

40년을 살아낸 지금.
나는 일곱 살 아래 조카의 그 말들을 1000% 이해하게 되었다.

집을 나선 남편의 뒷자리는 어수선하다.

상의는 아무데나 던져져 있고
하의는 동그랗게 구멍 두 개를 남긴 채 방바닥에 오도마니
남겨져 있다.

오늘은 한 마디 했다.
"바지 좀 걸든지
침대에 얹어놓든지 해요~"

너무 오래 살았나
예전엔 양말 뒤집어 내놔도 그냥 다시 뒤집어 빨았는데
요즘엔 그게 눈에 거슬리기 시작했다.
'양말 좀 잘 뒤집어 내놓지'
속으로 푸념 아닌 푸념이 나오기 시작했다.

막내 조카는 말이 없는 사람인데 살면서 서너 마디 한 것들이
다 가슴 속에 박힌다.
어릴 적부터 삼촌을 어려워하지 않는 속내가 있었던 걸 게다.
나는 막내 조카를 제일 듬직히 생각하고 마음에 들어한다.

그 조카가 내게 마음의 빚을 한 더미 안긴 채 영국으로 살러
떠났다고 큰 조카가 알려줬다.
'에고~ 우짜까나'

서울로 다니러 올 날을 손꼽아 기다린다.
마음의 빚을 갚아야지

삼촌네 신경 쓸까봐 알리지도 않고 떠난 속내를 헤아려본다.
즈이들끼리는 아웅다웅 싸우는 모양이지만 겉으로 보이는
막내의 모습이 내가 바라는 이상형이기도 하다.
그야 속내를 알지는 못하지만, 하기사 3개월만에 눈에 뭣이 씌워
결혼해 버린 내가 남편의 속내를 30%나 알았을까만...

결혼 초에 지나는 말로 우리 둘 다 그런 소리를 했었다.
"아마 우리가 오래 만났으면 결혼하지 않았을거야"
정말 맞는 말이었지만
그렇게 20여 년을 오래 신혼처럼 살았었다.
IMF가 우릴 때리기 전까지는

인생은 뒤집어졌고
나는 조카의 말의 의미를 새삼스레 가슴에 각인시키며 살았다.

마누라 아니면 살아내지 못하는 듯 보이는 남편의 벗어 던진
상의와 동그랗게 말린 하의에 꽂혀 이렇게 기나긴 남편 디스에
나선다.

세월이란...

행복

마음 속 저 끝 한 귀퉁이일지라도
내 이름 석자 기억해주는 그대 있어 나는 정말 행복하다.

욕심같은 기대치가 전혀 없는데
이렇게 가슴 울렁이게 하는 그대 마음이 전해지니
이 한 여름보다 더 뜨거운 심장이 되고 있음을 그대는 아는가

내 무슨 복이 있어 이런 사랑을 받는가... 순간 울컥해졌다.

그대 마음 깊은 기억만으로도 행복한데
이리 사랑이 심장을 두드리니 내 복을 어찌 나누어야 하는지...

무더운 여름의 땀을 씻어내리는 청량감이 머릿속부터
훑어 내리는 기분이라면 너무 소심할런가...

고마워라 고마워라
표현 못하는 내 소심함까지 알아주는 그대 마음이 정말 고마워라.

순식간에 행복에 점령당한 마음 그대에게 되돌려 본다.

분용이의

4
———

그
리
움

외가의 추억

넓고 얕은 냇가에
물이 흘러
걸친 겉옷만 훌러덩 벗어제낀 아이들이 물장구를 치던
동네 냇가 위
한적한 신작로엔
어쩌다 보이는
버스가 먼지를 한 움큼 내던지며 지나갔다.

그 우연한 장면이 이렇게 평생 뇌리에 남을 거라곤 생각을 못했다.
마치 영화의 한 장면처럼 가슴 속에 녹아 있다.

어쩌다 가게 된 외가에서의 며칠이 마치 늘상 다니던 곳처럼
부풀려 기억의 한 모퉁이를 차지하고 있는 것이다.

아침이면 새벽 공기 사이로 소금 한 줌 들고 나가 이를 닦았던 기억.
아침 세수가 색다르던 시린 느낌의 찬 냇물

초가집 방 한 칸 좌판을 차려놓고 사탕 등을 팔던
큰 외삼촌 댁 부스스한 가게의 장면.

마치 영화 "카사블랑카"의 담배 연기 자욱한 기억처럼 남아있다.

싸리나무 대문 옆 뒷간이 따로 있었음에도
짚을 비료로 만들 생각이었던지
외양간 소 옆 지푸라기 깔린 곳에서 소를 경계하며
오줌을 누던 기억.

낮은 우물 때문에 위험할까 거적을 덮어두었는데
결국 우물에 빠졌다는 이종사촌 언니의 영화 같은 스토리

외가댁 친척들이 모여 살던 경기도 광주 밀목.
자두 나무집 아주머니네로 오르던 언덕길
아마도 자두는 얻지 못했던 것 같은

어느 날 한 번 더 갔더니 외가 바로 앞에 공장이 지어져 있었고
낯설음의 극치를 이루었던 초창기 도회적 네모난 컨테이너
같았던 공장 하나.

이렇게 두 번쯤의 외가 방문이 선명하게 기억에 남아있다.

보물같은 기억의 한 단편.

내 자식들에게 그런 정서적 분위기를 맛보여주고 싶었는데~ 하는
평생의 아쉬움이 되어버린 시골의 맛.
하여 '지금이라도 손주에게' 하는 묘한 미련을 짙게 거머쥔 채
어릴 적 추억 속으로 잠수하곤 한다.

행복한 추억이다.

숨기고 싶은 말

그리운 척
보고픈 척
만나고 싶은 척

아무리 로맨틱을 가장해도
말 끝에 묻어나는 게
내 슬픔일까봐
생각도 똬리를 틀어 앉혀본다.

들키지 말아야 해.
속을 말아쥐고 있어야 해.
혹시나 눈치채지 않게 말해야 해.

그리 다짐을 하고 마음을 풀어내지만
뒤 끝에 걸리는 건
소쩍새 우는 사연일까봐
생각이 어지러웠다.

고독은 사랑의 이름을 달고
위선적으로 숨어 들더라.

붉은 담쟁이

가을이 눈 속으로 쏙쏙 들어오는데

그대의 웃는 모습 닮은 붉은 담쟁이.

나도 같이 웃자고 하는
상큼한 미소의 작은 꽃잎.

진실은 내가 그대를 웃게 해주고 싶다는 것.

그대 따라 웃음짓고 싶다는 것.

이 사소한 바람이 하늘만큼 큰 바람이 되고 있다.

연륜

김장 무가 너무 맛있게 생겨 깍두기를 담을까 말까 내내 고민하며
채소가게 무를 쳐다보고 다닌다.

허리가 부실해
김장을 포기하고 산 지가 한참인데도
주부 티 내느라 맛있어 보이는 무에 욕심을 부린다.

한편으론
"맛있는 무"가 보인다는 건 오래된 연륜이겠지 싶어 새삼스레
나이가 되짚어지기도 한다.

젊었을 땐
아무것도 고를 줄 몰랐다.

심지어
햅쌀이 나왔는데도
묵은 쌀이 구수하다는 가게 아저씨의 말에
가을 묵은 쌀을 사놓고 주변의 구박을 받은 지가 엊그제 같은데
참 세월이 많이도 흘렀구나 싶다.

그래도

"햅쌀이 묵은쌀보다 맛있으니 너는 그러지마라"

며느리에게 말을 못 한다.

그건 시에미 잔소리일테니 ㅠㅠ

살면서 알아가는 게 어쩔 수 없는 인생이더라.

진즉에 알았으면 인생이 달라졌겠지.

세월은 이렇게 흐르는 것을.

넘어져 봤니?

발바닥에 문제가 있었던 탓도 있고
나이 들어 무릎 탓도 있고
하여 신발을 살 때 신경이 많이 쓰이곤 한다.
구두는 고물이 된 지 오래다.

그렇게 신경 써서 산 신발 쿠션이 무척 편해 좋기도 했지만
신발바닥이 비끄럽지 않아 좋았던 건 그냥 행운같은 덤이었다.

마찰이 너무 좋다 보니 바닥에 걸려 자꾸 넘어지려 해서 좀
걱정이 되었는데
기어이 오늘 사고를 치고야 말았다.

효리랑 횡단보도를 건너다 그만
길 건너자마자 길바닥에 걸리는 듯 마는 듯 하더니 그냥
바닥에 걸려 넘어져 버린 것이다.

이 민망함을 우짜꼬
젊은 아가씨가 일으켜 주며 주섬주섬 널부러진 물건을
집어 주는데

순간,
'이걸 그냥 일어나?
아님 조금 아픈 척 앉아 있어?'

머리를 굴렸지만
무릎이 아프고
신통치 않은 허리가 다시 아파
"에고~"
엄살을 하며 일어나 민망함을 감추었다.

오래전에는 지하철 계단 내리자자마 넘어져 어떤 아저씨가
일으켜 세워 주었는데 그때도 너무 민망해
'우짜까나 조금 더 있다 일어날까 어쩔까'
잠시 고민 아닌 고민을 하다가 천천히,
안아픈 척 일어난 적도 있었다.

'아우 증말~'
아무리 나이 탓이라 해도 나만 그런 것 같아 기분이
좀 그렇긴 하다.

허리가 아파진다.
무릎도 까지고
난 도대체 뭐지?

단상

이렇게 아무 생각없이 사는 게 몇 년만인가 싶다.

오늘 갑자기 따스한 겨울 햇빛을 받으며 마음에 들어온 생각 하나.

오만 가지 잡생각으로 어지러울 때마다

"받아들일 만하니 겪는 일이다" 하는 이 말이
가끔 위로가 되기도 했고

'그래 나는 이겨낼 수 있어' 하는
긍정의 힘이 도움이 되기도 했다.

그런데 지금.
옛날처럼 정말 아무 생각이 없는 건 아니더라도
이렇게 텅 비어있는 느낌의 날들이 있다는 게 믿어지지 않는
이 순간.

생각이 많은 게 내 장단점이지만
거기에 묻혀 살아온 세월이 오래라 요즘 같은 한갓진 뇌구조는
낯설기만 하다.

스스로에 당황하지만
또 이런 마음에 정들이려 애쓴다.

별일이다.

경려야

경려야
내 꿈 얘기 한 토막.

글쎄~
강당같은 넓은 안방에 사과 궤짝마다 돈다발이 넘치게 가득
차 있는 거야.
한국은행보다 더 많은 현금같애.
그걸 나보고 가져가라는데
SUV차량으로 가져가도 4궤짝이면 더 못 들어갈 것 같아
고민인데다
그 많은 돈을 남들에게 다 보여가며 가져갈 것도 걱정되고

우와~ 너무 많은 돈이라 고민하다 꿈깼어.
강당같이 큰 안방 안에 가득찬 사과 궤짝 속의 현금이라니
꿈이라도 기가 막히더라.

이게 웬 횡재냐!
로또를 두 장이나 사지 않았겠니.
천 원짜리 하나 안맞더라ㅠ

친구에게 하소연(?) 했더니
"돈을 만져봤어?"
"아니~"
"그럼 궤짝을 옮겼어?"
"아니~"

검색하더니
그냥 좋은 기운이라네.

어쩌면 좋아~
아까워라
그 많은 현금을

이 많은 좋은 기운
너랑 나눠 갖자^^

건강한 명절 되길...

초보운전

초보의 글귀는
양희은이 썼던
"당신도 초보였다"로 시작했다.

중간쯤 나왔던
"아이가 타고 있어요"는 진부해지고

"나도 집에 가고 싶어요"가 격하게 동질감을 느끼게 해서
한참 웃었는데

오늘 아침 새로운 글귀를 발견했다.

"극한 초보
지금까지 이런 초보는 없었다.
이것은 엑셀인가 브레이크인가"

무슨 얼어죽을 사랑

사랑은 무슨 얼어죽을 사랑

사랑이란 그냥 말장난일 뿐
세상에 사랑이 그리 흔한 건 아닐 거라는 생각이 든다.

환상을 심어주거나
괜한 헛소리가 아닌가 하는 생각을 했다.

플라토닉은 무슨 말라죽을 플라토닉.

"사랑"에 아름다움을 칠하고자 한다면 혼자만의 상상이
가장 아름다운 색상이 아닐까...
나름 합리화를 해본다.

갑자기 사랑을 붙들고 늘어지는 건
이제 사랑이고 뭐고 다 내려놓은 나이임에도
그런 말이 쉽게 나오는 내 자신이 싫어진 때문이다.

사랑은 무슨 얼어죽을...

아, 그런데
하늘은 왜 이케 높고 푸른 걸까...

빨래나 해서 널어야겠다.

넋두리

찻집 테라스에 앉아있기 좋은 바람이 분다.
그럼에도 부채질을 열심히 하는 이유는 화분이 있는 탓인지
이 찻집 모기가 나를 공격해 늘상 한두 군데 깨물리곤 하는
탓이다.

어젯밤에도 세 마리 모기를 잡으려 밤을 하얗게 지새웠는데
아침 커피 한 잔에도 아직 머리가 맑아지지 않고 있다.

이렇게 바람 좋고 햇빛 좋은 날.
어디선가 낯익은 냄새가 코를 자극한다.
아, 떨어진 은행 열매...
두리안을 먹어보지는 않았지만 그 냄새가 은행보다 더 할런가...
겉과 속이 다른 이중성의 열매들이 싫다.
과일이든 사람이든 밑든 곱든 안팎은 같아야 한다는
게 내 생각이기도 하다.

내가 죽어 혹시라도 다시 태어난다면 은행이 열리지 않는
수나무 은행나무로 태어나고 싶다.
겉과 속이 같은 아름드리 은행나무로 태어나,

바람으로 태어나길 바라는 우리 레오와 효리와
어울렁 더울렁 새로운 삶을 살고 싶다.

드라마 "도깨비"에서 그랬다.
죽으면 저 세상으로 들어가는 문 안쪽에서
키우던 반려견이 마중나와 있을 거라고... ㅎ
그 말을 믿고 싶다.

태풍 때문에 서울에 바람이 부는 것 같지는 않고...
늦어도 한참 늦은 이 늦더위가 그만 물러갔으면 좋겠다.

남부 지방과 제주도는 태풍으로 고생인데 바람 타령을
하고 있다.
미안한 마음이 든다.

추석 화투놀이

화투를 칠 줄 안다고?
민화투...?
그럼, 고스톱?
잉?

그렇게 할아버지와 손자를 낀 고스톱 세 판이 벌어졌다.

장모를 위해 같이 고스톱 쳐 주던 남편.
이젠 패 돌리는 것도 잊은 나.
얼핏 칠 줄은 아는 딸.
그림만 맞출 줄 아는 며느리.
화투에 관심없는 아들.

아들과 나를 뺀 이들의 화투 놀이가 시작되었다.

손자를 화투에 넣는 게 편치 않았던 남편은
"나는 초등 2학년 때 아버지 따라 인제 가서
고스톱·나이롱뽕·육백·가보육백·운수 떼기...
다 배웠어. 괜찮아"

한 마디에 손자는 고스톱에 끼어들었다.

패를 어떻게 먹는지도 모르고 계산도 모르는 손자 옆에 붙어
훈수를 두어가며 치던 첫 판.

손자의 리액션이 얼마나 우습던지 "얘를 안끼웠으면 얼마나
썰렁하고 재미없었겠냐~"
소리가 절로 나왔다.

계산도 모르고 그림만 맞추는 며느리와 손자를 데리고 하던
첫 판.
할머니 덕에 손자가 이겼다.

한 판에 무조건 만원.
쎄다.
그렇게 첫 판에 2만 원을 따 들고 기고만장해진 손자는
뒤집어지는 리액션으로 두 판을 더 두었지만
승부의 세계는 냉혹했다.

세 판 결과.
남편과 손자는 손을 털었고
며느리가 2만 원 잃은 걸 딸이 가져갔다.
결국 2만 원은 손자 용돈으로 귀결되었지만.^^

아쉬워하는 할아버지와 손자를 보며 담요를 접었지만
기막힌 즐거움이었다.

아무것도 모르는 손자의 리액션이라니... ㅎ

이렇게 추석의 한 날이 지나갔다.
모처럼 흥겨운 추석맞이였다.

"잡기"를 안 좋아하는 남편과 아들.
화투 즐기지 않는 나와 딸.
그림 맞추기에도 버거운 며느리와 손자의 추석맞이 "고스톱"은
아마 내년이나 설에도 이어지지 않을까...
기대 아닌 기대를 하며 호탕한 웃음소리와 함께 막을 내렸다.

우리 손자가 제일 섭섭해했다.
제일 모르는게... ㅋ.

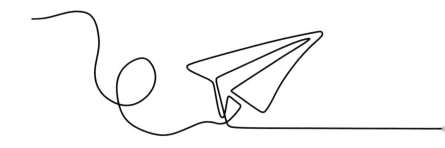

꿈 하나

내 사랑이 그대였으면 좋겠다.

비 오는 아침부터 생각나는 첫 사랑은 그냥 소설일 뿐

내게도 문득 떠오르는 사람 하나 있어
그 사람이 행여라도 그대였으면 좋겠다는 상상의 나래를 펴본다.

하늘은 참 짓궂기도 하시지
이른 여름을 선사해 주는 것도 모자라
이리 매서운 빗줄기를 퍼부어 주시니
혹시 내 상상의
나래조차 질투를 하시는 건가 싶다.

하늘을 안 보며 살던 시절이 있었다.

그때 머릿속은 온통 살아내는 것이었는데
어느 순간부터 하늘이 보이기 시작했고
나는 삶을 바라보기 시작했다.

오랜 시간이 지난 지금
나는 생각한다.

그대가 내 사랑이었으면 좋겠다는 뜬금없는 상상을.

그래야 "개똥밭에 굴러도 이승이 좋다"는 말에 확신이 서지 않겠나

늘상 생각하는 꿈 하나
그대가 내 사랑이었으면 좋겠다.

그대가 있는 곳은 아직도 비가 오나요?

엊그제부터 밤공기가 달라졌다.
"처서"라는 걸 날씨도 아는 건지 이제 창을 닫고 잠을
청하게 된다.

'그대도 창을 닫고 주무시는가...?'
'혹시 그대 있는 곳이 아직도 비가 그치지 않은 건 아닌가...'
궁금해졌다

누가 묻더라.
"당신이 사는 곳도 비가 오나요?"
그 물음이 얼마나 가슴에 와 닿던지...
하여 나도 같이 물으려 한다.
"그대 있는 곳은 아직도 비가 오나요?"

한밤.
건너편 아파트 꼭대기 층엔 밤이 깊어지면
붉은 타원형 표식이 빛을 내 아파트의 의지와 다르게
나를 겁먹게 한다.

그 옆 아파트, 꼭대기에서 다섯 칸 내려오면
붉은 커튼을 한 것인지 그 집만 빨간빛으로 튀어
- 어릴 적 화장실 조그만 빨간 전구가 생각나고 신문지 구기고
구겨 부드럽게 만드는 사이, 자꾸 "빨간 종이 줄까 파란 종이
줄까"하고 손이 올라올 것만 같아 공포심에 제대로 볼 일도
못 보던 -
그 상황을 떠올리게 한다.

무서운 두 아파트
밤 경관이다.

그렇게 매일 겁을 먹고 있으면서도 문득 떠올라 가슴을 녹이는
한 문장.
"당신이 사는 곳도 비가 오나요?"

나는 아무것도 할 줄 모르고 낙서만 할 줄 아는,
우리 나이 육십 일곱의 소위 "노인네"가 되어 있지만
그래도 덜 무섭게 잠들기 위해 같이 묻고 또 묻는다.

"그대가 있는 곳은
아직도 비가 오나요?"

봄볕·가을볕

부모의 마음을 자식들은 알려고 해도 알 수가 없을 것이다.
그 나이 되어야 비로소 이해가 가능하니 내 자식인들 엄마인
내 마음을 알지 못하는 건 어쩌면 당연하지 싶다.
내가 바란다면 그건 헛 욕심일 게다.
나 또한 그랬으니까

요즈음은 남녀를 불문하고 직장을 갖는 세대가 되었다.
우리 때야 지금 같지 않으니 덜 치열하게 살았다고 생각한다.
한편으론 그 "덜 치열함"이 부끄러워지곤 했다.

자식을 낳고 보니
아들이든 딸이든 서로 비슷한 상황을 만들어야 한다는 게
내 지론이었다.
하여
어느 쪽이 기울어 나중에 자격지심으로 한쪽이 마음 상하는
인생이 될까봐 전전긍긍했다면 우스울까...

불평 불만을 들어가며 키웠지만 엇비슷하게 살고 있으니
지금은 맘 졸이지 않고 지내게 되어 이 상황이 고맙게

느껴지기도 한다.

제 엄마 마음은 엄마 나이가 되어야 알 것이다.

그러고 보니
인터넷에 써 있는
"며느리 봄볕에 내보내고
딸은 가을볕에 내놓는다"는 글이 보였다.

며느리에게 욕심은 하나도 없다.
그저 이쁘고 또 이쁠 뿐이다.
아들은 혹시 저보다 며느리를 더 편애하는 게 아닌가
속 좁은 불만을 가질지도 모르겠으나
어쨌든 나는 처음 볼 때부터 며느리가 좋았다.
그건 지금도 여전하여 설거지도 안 시키고
그저 집에 놀러 온 편한 손님처럼 있다가 돌아가게 한다.
그래야 내 맘이 편하니 어쩔 수 없다.

그러하니
"봄볕 며느리 가을볕 딸" 소리는 택도 없다.
봄볕이 겨울 지난 볕이라 가을볕보다 일사량도 많고 자외선
지수도 높단다.
심지어 피부가 받아들이는 자외선은 여름보다 많다고 하니

며느리보다 딸자식이 귀한 예전에야
당연히 며느리를 봄볕에 일 내보냈을 것이다.

자식이 귀하긴 하겠으나 나 같으면
둘 다 같이 내보내든지
둘 다 같이 안 내보내든지
그랬을 것 같다.
아마 옛날이어도 둘 다 안 내보내고 나 혼자 밭일 부엌일
다 했을지도 모른다.

글쎄...
내 자식이 아니어서 욕심이 없다 하면 할 말은 없겠으나 그냥
나는 며느리가 이쁘다.
첫 소리가 "네"부터 시작하는 며느리니 안 좋을 수 가 없다.

그것도 팔불출일까
아무튼 봄볕가을볕은 나와는 이해관계가 없는 것으로
마무리 지으려 한다.

의도치 않게 며느리앓이(?)가 되어버렸다.

얄궂다아이가~

석양 속의 그대

바람이 부니
봄도 흔들리는 것 같다.
해는 서쪽에
붉게 걸려있어 바람에도 넘어가지 않고 나를 바라보고 있더라.

그대가 전해주는 마음이 바람으로 온 것일까

시원한 바람과
구름 사이로
저무는 붉은 해가
그대일 줄이야...

내가 그리는 모습으로
내가 바라는 마음으로 오는
그대여

스치듯 지나지 말고 웃음으로 마음 한 번 주면 안 되시겠는가

저녁 7시

저녁 7시.
하늘은 쪽빛으로 진하게 물들었다.
아직 어둠이 다 깔리지 않았다는 게 감동으로 다가왔다.

날씨는 겨울 최저점을 찍었다는데,
맑은 콧물은 여지없이 겨울을 가리키는데,
하늘의 반란인가
서서히 긴 낮으로 뒤바뀜질 하고 있는 걸 보노라면
슬그머니 헛웃음이 나오곤 한다.

'지가 긴 밤을 무슨 수로 오랫동안 머리에 이고 있겠어.
이제 내려놓을 때도 됐지'

쪽빛이 감청색으로 물들고
하늘은 서서히 진한 어둠 속에 잠겼다.

이 기다림 또한
긴 낮과
짧은 밤을 맞으려는 내 바람이기에

즐거이 맞는다.

얼어 곱아진 손가락이라도,
터질 것 같은 귓불이어도,
시린 바람이어도,
나는 기다릴 봄이 있으니
좋아라 좋아라.^^

조승우네 강아지

뮤지컬 배우
조승우의 반려견은 애견 유치원을 다닌다.
유치원 가방 예쁘게 만들기 대회(?)에서 일등을 했다는데,
걸려있는 가방들 중에 제일 악세서리가 많이 달린 게 조승우네
강아지 것이었다.

사진을 보며 한참을 웃었다.
강아지 사랑이 찐으로 느껴져서다.

내가 집에 있으니 효리는 유치원 갈 일도 없고
따라서 유치원 가방도 없다.
버스 탈 때나 필요시 들어가는, 내 것인 강아지 가방이 있을 뿐이다.

먼저 무지개 다리를 건넌 레오가 나를 기다리듯
우리 효리도 어쩌면 레오랑 같이 나를 기다릴지도 모를
그 무지개 다리 건너에 내가 가게 되면

나는 아름드리 나무로 태어나고
레오와 효리는 바람으로 내 곁에 머물러 영원히 같이 했으면

좋겠다는 바람이 있다.
"아낌없이 주는 나무"에서 처럼
아름드리 나무가 되었다가
오랜 시간이 흘러 고목이 되고 사람들 쓸모에 따라
베어지기도 하고
나무 밑둥만 남아
길가는 사람들이 앉아 쉬어가는 의자로 남아도
나는 뿌듯할 것이며
바람으로 남아 내 곁에 머무는 우리 강아지들도 영원할
것이기 때문이다.

저녁에 잠시 티비를 보는데 시골 항구에 살며
부인은 까페를 하고
남편은 배의 선장으로 일하며 강아지들 태워 바닷바람을
쐬어주곤 하는 장면이 나왔다.

강아지고양이를 좋아하는 사람이었는데
그 선장님 말이
"나는 하나만 주는데 애들은 열개를 주잖아요.
나도 더 많이 주도록 노력해야지요"
하더라.

머릿속이 쿵 울렸다.

'열개도 넘게 주는 효리에게 나는 아무것도 못 주는 게 아닌가..'
하는 생각이 들어서다.

그런 생각을 하면서도
바람과 나무 밑둥 소원을 하면서도

조승우네 강아지 생각이 떠오르면
"내가 조승우네 고양이로 태어났으면 좋겠다"는 엉뚱한
생각을 하기도 한다.
조승우네 집에 고양이가 있는지 없는지 나는 모른다.
환생이라는 게 존재하는지 어쩐지도 모른다.
단지 조승우네 강아지 유치원 가방을 보며 언뜻 언뜻
생각이 스치곤 하는 것이다.

웃기지 않는가
이렇게 손바닥 뒤집듯 생각이 오락가락 하니...

별 얘기 아니다.
나는 그냥 효리가 옆에 있는 것 만으로도 아주 행복하다는
얘길 하고 있다.

고양이 "치즈"

효리와 저녁 산책을 나가다 보면 가는 중간 아파트 단지 밖에
고양이들이 십여 마리 넘게 있다.
중성화해주시는 분도 있고
밥 주시는 분도 있어서 나는 마주치는 고양이들에게만
캔을 따주는, 부담 없는 캣맘(?) 노릇에 아주 만족하며
산책을 하곤 한다.

나와 자주 마주치는 고양이들 중에 이름 가진 아이가 셋이 있는데
치즈·얼룩이·까돌이다.
그 중에 나를 매일 기다리며 빗질도 좋아하는 치즈를 보러가는
재미는 제법 쏠쏠하다.

엊그제 들은 소식에 의하면 까돌이를 입양했다가 도로 길가에
내놓은 까돌이 엄마가 신경을 썼는지 의정부로 임시보호 간다니까
아마 거기서 입양이 되지 않을까 싶더라.
사람을 좋아하는 검은 고양이니까.

얼룩이는 질투가 있어 다른 고양이 제치고 가까이 온다.
쓰다듬어 달라고 주위를 뱅뱅 도는데 매일은 못 봐도 나를

발견하면 "애옹"거리면서 달려온다.
제일 사람을 좋아하는 검은 얼룩 고양이.

그런데 요즘 치즈가 보름 넘게 보이질 않는다.
차 밑에도
아파트 입구에도
아파트 담 옆에서도 볼 수가 없어 궁금증이 생기기 시작했는데
조만간 어디선가
짧은 "냥!" 소리 들리지 않을까 기다리고 있는 중이었다.

주말에 만난 중성화해주시는 분 말씀이,
아파트 옆 까페 주인이 그러는데
"노랑이가 차에 치어 사고를 당했다"고 하더란다.

가슴이 쿵 소리를 냈다.

아파트들이 대거 들어서며 좁은 골목길이
사람 지나기에도 위험해져서 걱정이 되곤 했었다.
그런데...

그 노랑이가 치즈면 어쩌지?
요즘 안 보여서 캔을 그냥 들고 오는데
정말 사고냥이가 치즈면 어떡하지?

가슴이 묵직해지며 싸아해지는 느낌으로 하루하루
힘이 빠져가고 있다.
슬픔이
저린 가슴이
이런 것일까...

치즈가 나타났으면 좋겠다.
어딘가 숨어있다가
날 보고 "냥!"
짧고 가느다란 소리로 다가왔으면 좋겠다.

치즈.
내게 알 수 없는 의미를 부여해 주던 너.

너는 어디 있는 것이냐?

엄마

엄마
엄마
왜 거기 그렇게 누워있어

짱짱하던 그 목소리 다 어디로 숨기고
궁금하던 자식들 안부 다 어쩌고
엄마
왜 요양원에 누워 운신을 못하는 거야

고왔던 사랑
미웠던 사랑
풀어내 가며
자식들 눈치 아랑곳없이 한을 담아내던 엄마의 가슴 속엔
지금 무엇이 들어 있는 게야

엄마
오늘이 어버이날이라네

나는

내가 해야 할 어버이날만 기억하지
내가 받을 어버이날은 기억하지 못하는데
내 할 일을 못하게 하고
엄마는 왜 아무도 못 들어오게 하는 요양원에 누워 있는 거야

이런 슬픔이
어버이날이라
눈물이 날 것 같애

오직 한 사람
가슴 속에 남편만 가둔 채 그 미련들 다 풀어내지 못하고
왜 입을 다물고 있어

코로나 때문에 만나진 못하지만
아직 우리 곁에 있어 주는 것만으로도 자식들은 감사한다는
것을 알아주었으면 좋겠는데...

엄마
우리 엄마.

그니를 찾습니다

차가운 미소가 날 빠져들게 하는
부드러운 눈빛은 더욱 더 헤어나지 못하게 하는
그런 남자가 있다.

외투깃을 곧게 세우고 그와 만나는 날은
정말 행복한 날이다.

바람처럼 스쳐가기만 하는
그의 냉정함에 가슴이 에이곤 한다.

온다는 말도 없이 슬며시 곁에 와서는
그는 내게 인사 한 마디 없다.
그래도 그의 체취를 느끼며 마냥
가슴이 뛰는 나, 예순하고도 셋이다.

혹시나 눈빛 한 번 마주칠 수 있을까...
나는 그냥 전전긍긍한다.
그렇게 냉정하고도 차가운 내 사람
그 사람을 찾고 있다.

오늘은 종일 그를 찾아 헤매었으나
어느 곳에도 보이지 않는 남자
올 적에 그랬던 것처럼
지금 그는 아무 말 없이 자취를 감춘 채 소식이 없다.

다시 한 번 볼 수 있다면
나는 힘껏 입맞춤을 하고야 말리라.

옷길 살짝 잡고 주먹은 꼭 쥔 채로
이번엔 놓아주지 않을 작정이다.

이렇게 내 가슴을 아리게 해놓고
호젓이 흔적만 남겨서 더 애태우게 하는 남자

이 한밤에 문득 그니가 생각나 잠을 이루지 못하고 있다.

그 사람을 혹시 아시는가.
그 사람 이름은 「가을」

제발 그 사람이 찾아지기를,
혹시 누군가 보았으면 꼭 붙들고 있다가
내게 연락해 주기를...

동생과 백합

'아무도 닮지않았다고...
나에게만 관심을 주지 않는다고...'
사춘기가 온 다섯 남매 중 가운데인 동생이
어느 날 백합꽃을
잔뜩 사들고 방에 혼자 들어가 잠을 자더라.

나중에 들으니
백합꽃 향이 독해,
밀폐된 방에 놓으면 죽을 수 있다는 얘기가 떠돌던 시대였다.

다음 날 아침
동생은 멀쩡히 방을 나왔고
하룻밤 동생과 밤을 보낸 백합은 혼자 웃었을 것이다.

길을 지나다
꽃을 보았다.
백합같더라.
맞는지 모르겠지만...
옛날 어느 날의 동생 모습이 백합꽃 위로 오버랩되었다.

재미있는 사춘기.
^^

비오시는 날

오늘처럼
비 오시는 날.
그대 앞에 앉아 얘기할 수 있다면

꽃처럼 나비처럼
그대를 미소짓게 할 수 있다면

빗방울은 꽃잎처럼 날아들고
내 마음은 나비처럼 그대의 마음에 날아들어

오늘처럼
비 오시는 날
그대 마음 볼 수만 있다면

무궁화밭 앞자락에 나비처럼 피어난
달개비꽃이 레오이길 바라듯이

나비처럼 날아올라

달개비꽃으로

그대 눈앞에 피어있기를 소망합니다.

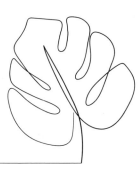

그대 부르는 소리

외로운 나뭇가지
끝 잠자리 한 마리 날아와 앉은 그 옆으로

이름 모를 자그마한 꽃들이
하얀 나비더러
오라 오라 손짓하는 걸 보았다.

매미 떼창까지 엮여 여름을 만끽
하는 것 같지만

채 피어나지 않은 봉숭아며 채송화·분꽃이
어릴 적 여름의 추억을 되짚게 하는 걸 보면
아직 여름은 만개하지 않은 것인지도 모른다.

내게도 텔레파시 있어 그대 부르는 소리 들린다면
나비처럼 훨훨 날아갈 수 있을까

무궁화꽃을 휘감아 돌면서...
사과 나무를 타고 오르면서...

혹은 한가득 덮힌 녹색 담쟁이덩굴 사이로 얼굴 빼꼼히 내밀면서
어여쁜 능소화가 웃고 있더라.

여름은 여름인 게다.

내가 능소화 되어
웃음으로 손짓하고
그대 휘감아 돌면
그대 마음은 어찌 돌아갈까...

한여름 속에 앉아서 이렇게
정신줄을 놓고 있다.

지루한 더금

어제 오후.
서쪽을 향한 창마다 칸칸이 불이 나고 있더라

이 여름에 강렬한 햇빛 창이라니
생각만으로도 땀이 나는데
불 나는 창 속의 사람들은 얼마나 더울까 싶었다.

해가 저물어 가는 오후임에도 햇빛은 강했다.

저 강렬한 태양이 식어간다는 일이,
우리가 "이상 기후"를 버티지 못해 지구를 탈출할 수도 있다는
사실이 믿기지 않는다.

달에 대기를 만들어 살고 다시
화성에 대기를 만들어 이주한다는 계획이 실현될 지도 모른다.

아날로그인 나는 그저 무섭고 겁나는 일들이다.

오늘.

다시 날이 축축해지기 시작했다.

날씨따라 기분이 변하는 나는 인간 카멜레온일지도...
누가 "우울은 수용성"이라 했다더라.
물에 씻기니까.

내 우울은 물에 씻기기는 커녕 물속에 잠수하고 마는구만...

여름이 길다.
시간은 빠르게 흐르는데 올여름은 유난히 길게 느껴져 지루하다.
이제야 말복이 눈앞에 있으니
어느 세월에 "처서"를 맞아 가을맞이를 할 지 마음이 조급해진다.

더워도 어제처럼 반짝이는 여름 한낮이기를...
밤엔 그래도 잠 청할 수 있는 한밤이 되기를...

하릴없이 가을을 기다리며 쳐다본 어제 오후의 햇빛이
상념을 배가시켰다.

생각들이 갈지자를 긋는다.

소시적 추억

늦여름이 되긴 했나 보다.
병충해 탓인가
소독 연막차가 하얗게 연기를 내뿜으며 골목길을 내달린다.

길이라야 차량 한 대가 지날 좁은 골목인데
문득 어릴 적 집 앞으로 천천히 지나던 소독차가 생각났다.

그 독하고 뿌연 소독약 뒤를 신난다고
"야아~" 쫓아가던 아이들...

요즘에야 아이들도 없거니와 이젠 소독차를 뒤쫓는
촌스런 짓은 아무도 하지 않는다.
소독약 냄새조차도 없는 소독차를 물끄러미 쳐다보았다.
60년이 지난 오늘 가던 길도
멈추고...

모든 게 다 추억이 되어간다.
봉숭아·나팔꽃도
소독 연막차도

펌프물로 등목하던 그 시원함도
다락방에 엎드려 하늘의 별을 보던 춘선이네 집도
하다못해 다방구까지도...

그렇게 내 나이 칠십이 코앞이 되었다.

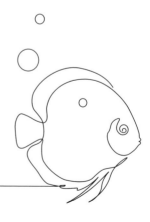

손자의 어깨동무

예전에 젊은 연예인 부부들이 모여 살던 동네가 있어 여자
연예인들이 커피를 마시러 모이곤 했단다.

그중에 이재룡인가 하는 집 아들이 아빠를 꼭 빼닮은 모양인지
누군가가 "애를 안아 주려다 보면 이재룡 얼굴이 딱 보여
못 안아 주겠다"는 얘기로 웃음보가 터졌다는 얘기를 읽은
기억이 난다.

그 상황이 재미나게 느껴졌었다.

우리 손자는 15년 생이다.
첫 대면을 했는데
아들 얼굴도 안 보이고
며느리 얼굴도 없이 너무 바깥사돈 얼굴이 찍혀 있더라.

돌 때까지도 그 얼굴이 바뀌질 않아 안아주려 하면 좀 낯선
느낌이 드는 것이 그 옛날 이재룡이네 아들 얘기가 떠오르곤 했다.

애 얼굴이 열두 번은 변한다는 말이 맞는지 점점 얼굴이 변해

지금은 얼굴 위는 아빠, 아래 얼굴은 엄마로 반반씩 섞여 밖에
데리고 나가면
다들 자기를 닮았다 한단다.

아마도 우리 며느리가 제 아버지를 닮았나 보다고 생각했다.

그랬던 손자가 우리 집에 오고 싶어 애를 쓴다.
그건 할머니가 보고 싶은 때문이 아니라 효리 붙들고
산책 나가고 싶은 어린 마음 탓이다.
그래도 어디냐
어쨌든 할머니네 가고 싶다는 게...

엊그제 오랜만에 손자가 왔는데
커피 마시러 가는 도중 내 어깨에 손을 얹고 어깨동무를
하는 것이었다.

순간.
뿌듯해지면서 가슴이 풍선처럼 부풀어 올랐다.
어디도 비할 수 없는 감동.

'어느새 이렇게 커서 할머니 어깨동무까지 해 주는고...'

"앞으로도 할머니랑 어깨동무 해주고 손 잡아주기"로

손가락 걸고 약속하며 도장까지 찍었다.
너무 맛있는 커피 타임을 만들어 준
우리 손자.
아들이 티셔츠 사준 덕도 있다. ㅎ

세월이 이렇게 즐겁게 지나감에
감사한다.